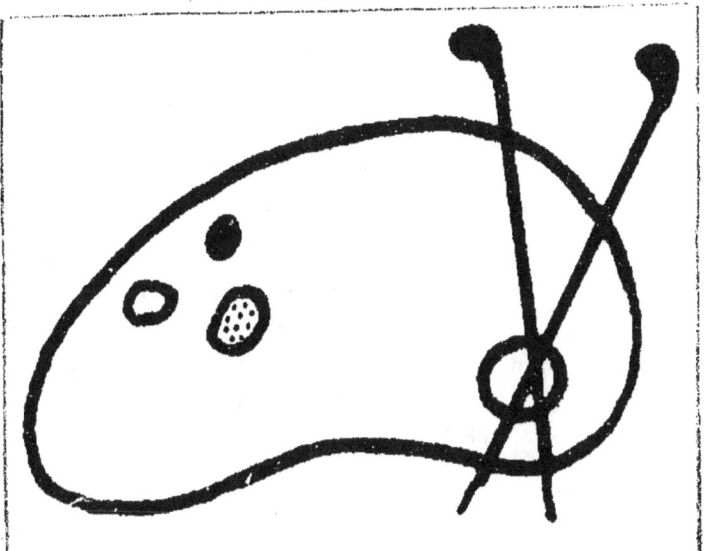

Début d'une série de documents
en couleur

Maurice Le Blond

ESSAI

sur

Le Naturisme

Etudes
Sur la Littérature Artificielle
et Stéphane Mallarmé
Maurice Barrès, La Littérature Allégorique
Quelques Poètes, et le Naturisme
de Saint-Georges de Bouhélier

PARIS
EDITION DV MERCVRE DE FRANCE
XV, rue de l'Echaudé-Saint-Germain, XV
M DCCC XCVI

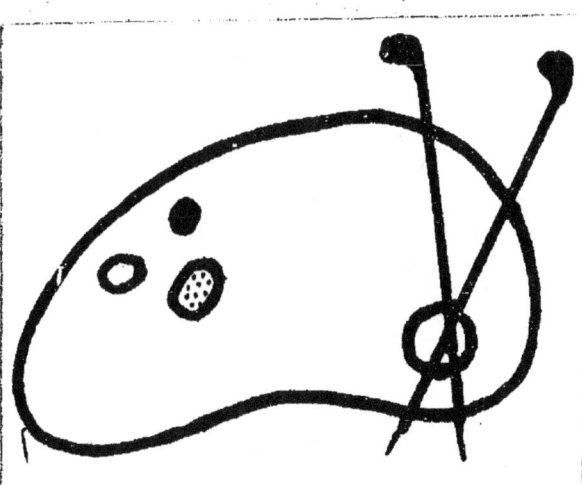

Fin d'une série de documents
en couleur

ESSAI

SUR

LE NATURISME

1308

Remplacement re

8 2 14 454

Maurice Le Blond

---◦---

ESSAI

sur

Le Naturisme

Etudes
Sur la Littérature Artificielle
et Stéphane Mallarmé
Maurice Barrès, La Littérature Allégorique
Quelques Poètes, et le Naturisme
de Saint-Georges de Bouhélier

PARIS

EDITION DV MERCVRE DE FRANCE

XV, rue de l'Echaudé-Saint-Germain, XV

M DCCC XCVI

Il a été tiré de cet ouvrage 25 exemplaires sur Chine

numérotés de 1 à 25.

Avertissement

« Le droit à la Jeunesse ! »

L serait assez convenable que le public apprenne enfin qu'il existe une génération plus jeune et aussi originale que celle dont les maîtres furent Baudelaire et Mallarmé. Que l'on cesse d'accabler tous les jeunes écrivains sous le prétexte futile qu'ils sont cosmopolites et embrumés. Nous n'admirons guère MM. Henri de Régnier ou Jean Lorrain, et M. Moréas qui s'amuse à reconstituer la Pléïade à l'entour du café Voltaire nous paraît quelque peu ridicule.

Nos aînés ont préconisé le culte de l'irréel, l'art du songe, la recherche du frisson nouveau. Ils ont aimé les fleurs vénéneuses, les ténèbres et les fantômes et ils furent d'incohérents spiritualistes. Pour nous l'au-delà ne nous émeut pas, nous croyons en un panthéisme gigantesque et radieux. Ah! comme ces gens nous semblent

*fades et puérils, avec leurs petits sadismes, leurs petites
crises d'ascétisme. Et les âmes-sœurs, les vierges-cygnes
qui constituaient dans leur tour d'ivoire toute la com-
pagnie de nos Jules Bois, sont des amantes peu fécondes... en art surtout. Oui, comme cet art nous paraît
suranné alors que les plus jeunes hommes tendent à se
passionner pour des Edens charnels, quand la matière
divinisée semble reconquérir des croyants et à l'aube,
semble-t-il, d'une renaissance païenne.*

*Dans l'étreinte universelle, nous voulons rajeunir
notre individu. Nous revenons vers la Nature. Nous
recherchons l'émotion saine et divine. Nous nous mo-
quons de l'art pour l'Art et de ces questions si vaines et
stériles.*

*Certes la disgrâce où l'opinion tint la littérature
symboliste n'est pas un* criterium *suffisant, mais l'ir-
respect et l'indifférence de la jeunesse à son égard est
un symptôme des plus probants et des plus significatifs.
On connaît la pensée de M. Ernest la Jeunesse, dont
l'irrévérence ne dissimule pas le grand sens critique.
Et parmi le jeu des persiflages on a pu y reconnaître —
à cet égard des sentiments analogues aux nôtres.*

*Il faudrait que le public apprenne qu'il existe des
jeunes hommes comme Saint-Georges de Bouhélier qui
lutte pour un art national, qui a écrit de fort beaux
livres où — ailleurs que chez les symbolistes, — plusieurs esprits ont discerné déjà le sceau du génie.*

Dans ce volume, j'insisterai plus particulièrement sur les pensées de cet écrivain, parce qu'il me semble étrangement original et que son œuvre a eu déjà une grande influence sur la littérature nouvelle. Cependant je pourrais citer de jeunes auteurs d'un goût tout différent, qui n'ont pas plus de vingt-cinq ans et qui tentent en France des poèmes de vie et de nature comme M. André Gide, qui est un délicieux genie, Michel Abadie, admirable poète païen et héroïque, Paul Fort dont on connaît d'extraordinaires ballades, et ce voluptueux Pierre Louys que tout le monde a lu aujourd'hui.

Quelle délicieuse renaissance !

Préface

ALGRÉ les prétentieux sentiments dont s'illusionne notre vanité nationale, c'est aujourd'hui un fait avéré que la décadence de l'âme latine. Le sacrifice des martyrs anarchistes n'a suscité nul prosélytisme et rien n'a germé au geste sanglant de ces semeurs de tempêtes. De lucides et rares intelligences se parent d'une mysticité factice, les pires perversions ascétiques ont des dévots et c'est comme une émulation pour les anomalies et l'anormal qui nous éloigne de l'humanité, nous incite à des jeux esthétiques et à des complications cérébrales. Enfin, conséquence de l'individualisme, une ironie précieuse, élégante et méthodique, entrave tout acte d'expansion, glace les paroxysmes, anéantit les enthousiasmes.

Il semble que, des génies qui nous ont précédé, nous ayons recueilli je ne sais quels

malencontreux héritages. Le romantisme avec
tout ce qu'il contient de faux et d'outré, sévit
encore dans nos intelligences. Nous en sommes
tous imprégnés. Et, bien que depuis le *Parnasse
Contemporain*, toutes les écoles littéraires aient
eu le prédominant désir de s'en affranchir, il
corrompt et brûle le sang de notre race, charmant et perfide, comme le subtil et sûr poison
que versait Lucrèce Borgia. L'emphase rotu-
rière de Ruy-Blas persiste, et la mortelle mélancolie de Rolla courbe de lassitude encore
l'attitude des héros romanesques, anime les
élégiaques propos de nos poètes.

Les nouveaux Classiques dont on se réclame
volontiers, Baudelaire ou Gautier n'ont guère
réussi qu'à égarer l'âme contemporaine vers un
idéal d'apparences et d'exceptions.

Pour les Parnassiens, on sait que leur dernier
et définitif avatar est M. Mallarmé, et que
cette conception d'art qui enrichit notre littérature de plusieurs et purs poèmes marmoréens
et sculpturaux, aboutit à des mosaïques de
phrase, le plus souvent à des ornementations
verbales et à de curieuses réalisations d'écriture.
C'est grâce à leur rigoureuse et stricte technique,

à leur impassibilité dédaigneuse, et aussi à la doctrine — si mal interprétée — de l'art pour l'Art, que les idées éternelles, les divines et rayonnantes émotions durent abandonner les régions glacées de la Poésie.

Enfin, dans le roman, les Goncourt se consacrent à l'écriture artiste et effritent, pour de délicieux enjolivements de détails, la forme naissante de l'Epopée moderne. Emile Zola, incompris malgré ses fresques colossales, se voit préférer M. Huysmans, psychologue saugrenu et sans passion, aride écrivain de faciles monographies déliquescentes, d'un réalisme grossier, pénible et sans syntaxe. Symptomatiques penchants de l'Elite intellectuelle, qui méconnait la radieuse santé, les édens de chairs et de soleil, resplendissant dans *Germinal* ou dans la *Terre*, et se divertit béatement aux manies cénobitiques, aux déformations psychologiques d'aussi médiocres prototypes que des Esseintes ou Durtal.

*
* *

Les écoles qui vont naître, s'il faut en croire les élans inconscients des jeunes âmes, ne s'efforceront pas vers de vaines et nouvelles quintessences. C'en est fini des expertes combinaisons sentimentales ou lexicographiques. L'Art de demain se distinguera surtout par l'absence presque totale de ces techniques prétentieuses et subtiles, et la pensée ne s'éperdra plus aux labyrinthes ombreux de la phraséologie contemporaine. L'on comprend que les prochaines réformes littéraires, après toutes ces crises anormales et ces tentatives capricieuses, aboutiront à un effort simpliste. Un retour aux ondes lustrales de la tradition s'impose, et ces jeunes hommes le proclament, qui, brisant l'étroite contrainte égotiste, abandonnent les chancelantes tours d'ivoire, pour courir joyeux et craintifs vers l'étreinte tumultueuse et forte de la vie. Mais on ne tente point d'innover, on se contente de rénover.

Rénover ! Ce mot nous remet en mémoire les grandiloquents manifestes de la vaniteuse et babillarde Ecole Romane. Certes, ce retour aux formes de l'antique Hellade, comme réaction passagère, ne manquait de quelque logique et d'un certain à-propos. Mais les personnes qui l'entreprirent semblèrent ignorer que l'organisme intellectuel se transforme au cours des siècles, et que — comme l'a démontré M. Brunetière — ce n'est point une chimère que l'Evolution en littérature ; depuis Pindare, il s'est accompli plusieurs évènements, idoines à modifier la sensibilité humaine. Aussi, ces personnes seraient-elles estimables — puisque, en réalité, elles dénoncent un effort vers un art d'harmonie, si elles n'avaient sacrifié aussi volontiers à leur rage rétrospective, les plus respectables aspirations de l'âme moderne. Petite réforme archéologique, d'ailleurs, se limitant à de simples détails typographiques ou prosodiques, d'où ne devait résulter nulle œuvre, sinon des odes réciproques.

Lorsque M. Moréas nous entretient du Pinde ou de l'Eurotas, en termes si délicieux qu'il puisse s'exprimer, cela nous émotionne médiocrement. C'est que ces vestiges de l'antiquité grecque et de l'esprit hellène ne constituent qu'une minime partie de notre patrimoine intellectuel. Il est d'autres traditions que nous ne devons point sacrifier. Ainsi la Renaissance païenne qui semble devoir fleurir, sera dotée malgré nos vœux d'une expression et d'une grâce toutes chrétiennes. Les paroles de Jésus, sa doctrine, les rites de son culte qui ont si longtemps régi les consciences, nous sont devenus consubstantiels, et ils ont modelé nos facultés émotionnelles. Nous sommes pétris de cette mysticité ancestrale, les plus futiles de nos conversations quotidiennes en sont empreintes. Mais notre atavisme ne se borne pas à ces deux états d'âme. Il en est un que nous subissons, plus puissant encore, et qui est comme l'émanation de notre sol, c'est ce génie populaire et national, qui anima Villon, sévit parmi tant de sentimentales romances, de sentencieux et usuels dictons et qu'incarnèrent si parfaitement La Fontaine et Verlaine.

Paganisme, Chrétienté, Génie national, auxquels nous devrons ajouter le mouvement scientifique (qui, remontant aux époques immémoriales de Prométhée et de l'inventeur de la charrue, pour aboutir à Képler et Ampère, modifie tous les jours la nature par ses nobles découvertes), voilà les quatre grandes traditions que doivent rénover pour une définitive synthèse, les jeunes et candides esprits, soucieux d'une œuvre humaine, conforme à la nature.

MAURICE LE BLOND.

La Littérature Artificielle

A Albert Fleury.

Et tout le reste est littérature.

(Paul Verlaine).

I

ROP de lectures précoces ont défloré nos vierges sensations et nous sommes imprégnés de l'âme d'autrefois Pour être si érudits nous savons tout de la vie, avant d'avoir vécu, et nous connaissons à merveille tout l'univers, malgré que nous n'ayons jamais dépassé le seuil ornementé de nos maisons, la barrière vermoulue de notre enclos. Après une génération, où l'on se piqua de littérature pure et de linguistique, où l'on se vanta d'être psycologue et cérébral, il s'agirait enfin de mépriser les sciences abstraites, d'être moins bibliophile et misanthrope. Car les personnages de la Fable et les héros des romans nous sont plus familiers que les êtres les plus chers, les plus indispensables à notre existence. Le pays où naquit Werther, la carte du Tendre sont pour nous des choses non moins précises que la

figuration de notre jardin ; et nous fréquentons davantage avec Hamlet, Candide et Louis Lambert que
nous ne sympathisons avec les plus intimes de notre
entourage.

Ainsi les poètes, de plus en plus, tendent à dédoubler leur âme et à diviser leur individu en deux êtres
opposés, vivant en des atmosphères distinctes différentes et superposées : L'Œuvre d'art et la Vie. Cette
différenciation de l'Artiste et de l'Homme aboutit
aux pires conséquences, et là réside assurément l'ori-
gine de ces cas, trop fréquents et si modernes, de
littérature artificielle.

N'est-ce pas, en effet, d'émotions, de sensations
subies et souffertes par l'homme, que s'édifie — poème
ou symphonie, presque ou statue — l'Œuvre d'Art ?
Elles en sont les essentiels matériaux, et tous les
Poètes, il faut s'en persuader, sont, avant tout, des
sensitifs, depuis le créateur purement plastique qui
défaille à la perfection d'une ligne, d'une forme ou
d'un rythme, jusqu'au métaphysicien qui frémit et
s'enfièvre aux visions prophétiques de l'absolu et du
mystère, révélations, elles encore, d'un sens divin et
fatidique.

Aujourd'hui, les littérateurs, que ce soient MM.
Mallarmé, Moréas ou de Régnier, négligent et dédai-
gnent l'émotion naturelle ; ils la considèrent comme
banale, sans doute parce que leur âme glacée en est

incapable ; la vie leur paraît insipide et odieuse, in-
digne de l'Artiste.

Jamais ils n'ont frissonné de panthéistique adora-
tion, aux heures insexuées et brouillées des crépus-
cules, lorsque toutes les formes semblent se fondre
et toutes les âmes s'unir pour un cantique suprême
d'incomparable amour universel.

Pour ma part, je les estime trop compréhensifs,
trop érudits, d'une curiosité exacerbée à l'extrême,
tout cela développé au détriment de leurs facultés
sensitives. Toute leur impressionnabilité s'est réduite
et coquettement pervertie en un fragile sensualisme
d'art, toute leur puissance émotionnelle, piteusement
métamorphosée en un misérable dilettantisme.

Il est, pour eux, des émotions naturelles trop violentes qu'ils pressentent, mais ils ne peuvent totalement les ressentir que réduites et diminuées dans
l'œuvre d'art. Et les plus fortes impressions, il les
éprouvèrent dans les musées et bibliothèques.

Aussi n'ont-ils jamais connu de Héros que ceux
chantés et glorifiés dans la splendeur des Epopées,
mais ils ne savent pas distinguer une âme héroïque
et des désirs tragiques sous le masque énigmatique
du passant rencontré. Ils frissonnent d'amour, uniquement à la lecture des Idylles. Ils n'ont jamais ouï
le rude orchestre des vents dans la forêt, le pieux
cantique archangélique des brises d'avril chuchotant

dans les feuilles. Et ils ne se sont, sans doute, jamais aperçu que le plus sublime des concerts, il faut l'entendre au ras des grèves d'or clair, quand l'Océan entonne son immense et silanique symphonie. Dans cette clameur des flots (ils l'ignorent) se fiancent des voix si mélodieuses, et pleurent, inconsolables de sanglotantes harpes, où s'exclame triomphale la pompe des trompes d'airain.

Voilà pourquoi les récents poètes, nullement émotionnés du contact universel, craintifs de choir dans un sentimentalisme ridicule, ou dans un genre descriptif et suranné, se complaisent chaque jour et davantage en des idéologies parées de merveilles artificielles. Ils écrivent pour le bavardage et œuvrent en virtuoses. Plus séducteurs qu'impressifs, ils abondent en joliesses plastiques et ils savent plier leur phraséologie aux plus ingénieux des caprices.

Mais dans une œuvre — de poésie ou de tout autre genre — doivent transparaître, magnifiées, les défaillances, les souffrances et les joies du créateur; et elle n'a de valeur que si elle est une autobiographie. C'est par là que Verlaine est éternel. L'émotion fécondatrice ne doit pas être négligée. L'éducation naturelle vaut l'assouplissement intellectuel. Et le poète authentique ne peut pas être un civilisé, mais un barbare qui extériorise sa pure et intégrale sensibilité.

II

Baudelaire, impuissant et névropathe, non inconscient d'ailleurs, fut bien un néfaste ancêtre des Littérateurs artificiels. C'est une gloire qu'il peut partager avec Théophile Gautier et les Goncourt. Le maladif, le curieux, l'exceptionnel l'attiraient. Il fut un merveilleux critique d'art, un analyste passionné des sentiments compliqués, mais il n'entendit rien à la nature. « J'ai cultivé mon hystérie avec jouissance et terreur avoue quelque part l'auteur *des Paradis Artificiels*. » Le premier donc, il initia nos intelligences avides aux voluptés stérilisantes. Subtil, il fut le pédagogue civilisé et précieux qui nous enseigna les douloureuses joies de notre propre agonie, le dilettante de la mortification. Et il fut pessimiste avec délices. C'est depuis lors qu'on se montra si friand de tout ce qui est particulier, étrange et pathologique. Depuis ce temps nos écrivains furent des spécialistes, nos romans des monographies très fouillées de phénomènes contingents, d'épisodes exceptionnels. Et l'on a préconisé le frisson nouveau (puérile et décevante recherche !) les mysticismes morbides et le libertinage cérébral.

Les bibelots d'antiquaire, les ameublements bizarres d'artisans anciens devinrent nos objets favoris ;

on préféra l'ivresse verbale aux émotions naturelles, les parcs factices, aux sites champêtres. On rechercha l'expression rare et l'archaïsme.

Le Poète cessa d'être un sage et un Pontife pour devenir un dilettante, l'art d'être un sacerdoce pour être un jeu. Et l'on différencia l'Ethétique de l'Esthétique.

Au lieu de se compléter et de s'harmoniser dans la contemplation panthéiste, on s'ingénia à exagérer ses défauts dans l'espoir de les sublimer, à déformer et pervertir ses facultés sensitives et actives, dans l'atmosphère viciée des officines intellectuelles.

Et l'esprit critique se développa au détriment de l'angélique candeur du Poète.

Mais la Littérature Artificielle comme d'ailleurs le Préraphaëlisme et le Symbolisme en peinture n'auront été qu'une crise pathologique traversée par notre organisme intellectuel. Et l'Art continuera sa divine tradition, son évolution lente et majestueuse vers une doctrine plus simple et naïve, vers un art d'humanité que nous pourrons appeler — avec un jeune écrivain belge, M. Van de Putte — le *Naturisme*.

Cependant s'il fallait caractériser d'un mot ce que sera l'art de demain, l'épithète plus disante de Panthéisme conviendrait. Car, à considérer les aspirations, chaque jour précisées davantage, des nouveaux

poètes et aussi leur piété pour les maîtres qu'ils se
sont élu, Hégel et Novalis, le pastorisant et familier
Emerson, Swedenborg, dont la religion est la seule,
formulait Balzac, qui puisse convenir à un être supérieur, on pourra se persuader de la justesse de cette
expression.

Panthéisme! Tous les arts sont, en ce vocable,
résumés. Naturisme et Mysticisme s'y synthétisent. Il
ne s'agit plus d'allégoriser une passion ou une idée
par quelque personnage fabuleux (héroïne, statue ou
figurine) aux attitudes taciturnes ou mansuétudinales
selon le procédé de M de Régnier.

Dans les menus faits de la vie quotidienne, le grand
art est de retrouver des émotions divines ; en de
frustes objets, de découvrir un symbole toujours
changeant d'une loi cosmique et éternelle.

Dans le Poème, nous voulons percevoir la sensibilité fiévreuse et éparse de la nature. La tendance
sacrée du solide vers le fluide. La Métamorphose de
la Vie en Rêve, de la Matière en Esprit, la lente
métempsycose des Images en Idées et des Hommes
en Anges ! Tout le grand et lyrique frisson de la vie
métaphysique. Ainsi parlaient, aux temps anciens,
les thaumaturges, les mystagogues doctes d'Eleusis
ou d'Ephèse et les Hiérophantes au front paré de
roses s'effritant, qui déchiffraient les hiéroglyphes

vivants que sont les nuées, les feuillages et les attitudes des Etres.

Pour moi, des Esseintes, ce maniaque héros qui
caractérise si parfaitement l'état d'âme de toute une
génération d'artistes suivra bientôt dans l'oubli son
devancier le jocrisse et déliquescent Adoré Floupette.
L'érudition et l'artificiel seront tenus moins en faveur
et il ne s'agira plus, pour être admiré, de donner à
sa phrase un tour démodé, d'habiller et de pomponner
sa pensée selon des coutumes surannées ou de
donner à son style la grâce futile, troublante et gra-
cieuse des temps jadis, comme le font si habilement
MM. Marcel Schwob, de Gourmont et P. Quillard.
Le Poète redevient un mystique et fruste paysan.
Comme un Van Gogh affolé, il retourne à la nature
n'y cherchant pas seulement le soleil et des couleurs,
mais aussi un Dieu et des idées.

« Car l'artiste, dit Whistler dans son merveilleux
« ten o'clock », ne se borne pas à copier oiseusement
et sans pensée, chaque brin d'herbe, comme l'en avi-
sent les inconséquents, mais dans la courbe longue
d'une feuille étroite, corrigée par le jet élancé de sa
tige, il apprend comment la grâce se marie à la
dignité, comment la douceur se rehausse de force,
pour que résulte l'élégance.

Avec l'aile couleur citron du papillon pâle, ses

fines taches couleur orange, il voit devant lui de pompeux palais d'or clair, non sans leurs fluets piliers safranés.

Il trouve dans ce qui est subtil et gracieux des insinuations pour ses propres combinaisons, et c'est ainsi que la nature demeure sa ressource et est toujours à son service ; à lui, rien de refusé. »

Poète ! sois moins archéologue, idéologue ou érudit, dédaigne le dilettantisme, laisse aux spécialistes leurs parchemins, la Nature te convie à son épopée ! Tu t'exalteras dans les tempêtes rythmiques d'un ouragan ! Une moisson, avec ses faneuses dans la poussière d'or, si tu sais méditer, t'enseignera des métaphysiques. Le murmure des ruisseaux, les voix des branches, l'orchestration impromptue des chants et du vent bruissant, mille enseignements qui, mieux que le rhéteur le plus affable ou le traité d'euphonie le moins rébarbatif, t'apprendront à parler des paroles de Dieu !

Stéphane Mallarmé

A Clément Rochel.

> Il y a donc un jargon particulier dans chaque période littéraire que la mode adopte, qui séduit tout le monde, qui se démode et qui, après avoir fait la fortune des livres, les condamne justement à l'oubli.
>
> EMILE ZOLA.
>
> *(Les Romanciers Naturalistes).*

ARMI la multiplicité des élans, et la complexité des tendances qui préoccupèrent la genération précédente, certaines figures apparaissent cependant et émergent violentes, complètes et très nettes. C'est ainsi que M. Barrès résume à souhait le dilettantisme cérébral, que M. de Gourmont constitue un cas précieux de mysticisme archéologique et que plusieurs autres personnages moins importants peuvent figurer de moindres états d'esprit. Pour M. Mallarmé, il incarne, selon moi, ce souci de forme nouvelle, cette révolution dans l'expression poétique — seule gloire de cette époque transitoire en littérature : le symbolisme. Il reste, par excellence et par essence, le Rhéteur, semblable à ces maîtres de l'éloquence que virent fleurir successivement Alexandrie et la Rome du Bas-Empire. De tous les rivages méditerranéens, alors, les jeunes hommes d'élite accouraient goûter la molle volupté de leurs causeries, l'imprévu de leur enseignement. Ces maîtres apprenaient aux idéologues l'art préparé des métaphores. Et les lettrés chérissaient ces exégètes qui sous un mot, une tournure de phrase démodée, semblaient percevoir des successions d'évènements, de causes cosmiques.

De nos jours, M. Mallarmé dispose d'une égale réputation ; les meilleurs esprits du continent se flattent de l'estimer. On connaît, au reste, son influence sur de juvéniles intelligences. On sait ses relations avec des Esseintes ; avec quelle ironie grave et douce, avec qu'elle flatterie supérieure, il accueillit cet énigmatique garçon. La noblesse de son attitude, enfin, lui valut, sinon le respect, la précieuse indifférence de la roture de lettres. L'antique éclat dont resplendissaient Apollonius et Callimaque, illumine donc après plus de XX siècles, Stéphane Mallarmé : il fut le dernier des Rhéteurs.

**

Dans la vie, M. Mallarmé vécut plutôt comme un

amateur au milieu de ses collections, que comme un
homme parmi ses semblables. Aux créatures vivantes,
il préféra les constructions esthétiques et il fut pour
beaucoup dans l'actuel divorce de l'Art et de la Vie.
S'il est, en ce moment, l'homme le plus compréhensif
de l'Europe, il est juste d'avouer que son absence de
sensibilité est remarquable. Les quelques sensations
dont il s'enrichit, la lecture de Baudelaire, l'audition
de Wagner, la fréquentation de plusieurs Poètes
anglo-saxons, comme Poë et Schelley, Emerson et
Swinburne les lui fournirent. S'il a ressenti la caresse
d'une œuvre d'art, le frisson de l'Idée, il n'a jamais
autrement tressailli. Ses émotions sont tout intellectuelles.

Ainsi je crois que M. Mallarmé juge un tableau,
une fresque, une statue à la quantité de pensées que
lui inspirent ces œuvres, à la somme d'idées discur-
sives qu'elles éveillent, et que le plaisir émotionnel,
l'ivresse esthétique le laissent indifférent. Qui n'a vu
quelquefois, en un concert dominical, pendant le jeu
d'un morceau symphonique, ce poète prendre des
notes et inscrire ses impressions. On ne m'excusera
pas de citer ce fait de la vie publique (comme si la
littérature n'était pas aussi de la vie publique ?) mais
je le trouve exquis, tellement probant. Il prouve une
maîtrise de soi, vraiment caractéristique. Et comme il
nous aide à reconnaître cet écrivain, hanté de la

pénultième, qui en une conférence, à Oxford, laissait tomber cette parole : « La littérature seule existe. »

La littérature seule existe ! voilà une brève affirmation que l'auteur d'*Herodiade* pourrait adopter pour devise. Littérateur, il le fut suprêmement. Sa passion envers la plastique verbale, dès l'adolescence, le tourmenta, et, déjà, au *Parnasse contemporain*, on remarquait avec quelle magistrale adresse, il ouvrageait l'argile doré des syllabes. Si Euclide est l'homme des lignes, celui-ci demeure bien l'homme des sonorités intellectuelles. Sa ferveur pour la parole fut telle, qu'il en arriva à ne plus considérer les objets pour eux-mêmes, mais pour le mot même qui les représente. De la beauté formelle des choses, de leur caractère et de leur compréhension, il ne se préoccupa désormais plus : ce qui le ravit alors, ce fut la magnificence de leur vocable. La caresse des voix, l'intonation des diphtongues, la musique des consonnes l'enchantèrent, il les doua d'une signification étrangère, d'un charme personnel. La beauté des paroles voilà, à ses yeux, la beauté extérieure. Et sans doute il préféra le *flatus vocis* à la réalité, le dictionnaire à la nature. L'attirance des consonnances suppléa l'ordre coexistant des formes réelles.

Le rhythme esthétique s'opposait à l'Eurythmie de l'Univers.

Ultime excès du parnassisme ! Le culte pieux de

l'épithète rare devait donc aboutir à cette hérésie : la discorde du Poète et de la Nature.

Faut-il évoquer la simplicité d'écriture des Evangiles, la banalité sublime d'Homère, le style populaire des Tragiques grecs pour démontrer que M. Mallarmé n'est point « l'asservi d'une éternelle logique ». Sa langue est une déformation, sa pensée illogiquement exprimée, sa phrase inharmonieusement construite. A l'évolution du langage, le poète ne peut rien, sa volonté et sa syntaxe y échoueraient. L'acoustique et la métaphysique sont d'accord sur ce point. Le langage le plus expressif, le plus bel en pathétique, c'est le parler universel. Un frustre proverbe a-t-il plus de sens et de profondeur que telle phrase d'Hegel ? Je pense aussi qu'il est de vieilles chansons anonymes, de frissonnants et naïfs *lieder* qui surpassent le meilleur sonnet du Parnasse, et maints poèmes du symbolisme. Ah ! cette belle parole qui surgit, impromptue à nos lèvres comme une étoile au crépuscule ! voix involontaire et spontanée ! De notre soumission à l'univers, aux émotions, aux paysages, naît la logique de nos pensées et l'ordonnance de nos périodes. Est-ce que les lignes dansantes des collines de Provence n'ont point imposé quelques rythmes à Mistral, leur cadence aux tambourinaires. Hugo, qui fut le poète badin des *Orientales*, devint un Jean de Pathmos, dans la rauque solitude de

Guernesey. Ces génies se courbèrent au joug du milieu, par là ils s'assimilèrent à des êtres peut-être infimes. Mais l'art n'est pas aristocratique.

* *

J'ai, plus haut, appelé M. Stéphane Mallarmé le dernier des rhéteurs. C'est que, précisément, il fut le destructeur de l'éloquence.

La poésie actuelle est, dans notre civilisation occidentale, en complète évolution et, dans les arts, les temps présents seront un âge héroïque. Il est assuré que le progrès des sciences historiques a tué la poésie épique. L'exactitude a triomphé du merveilleux. Le roman est d'ailleurs une forme mille fois plus complète et plus large. Et des romanciers tels que Balzac, Zola, Cladel, sont des chantres épiques métamorphosés en prosateurs. A l'Epopée, l'Ethopée a succédé.

Pour la poésie dite lyrique, on sait l'extraordinaire succession de ses aventures, pendant la dernière période séculaire. Le romantisme en libéra les strophes à l'étiquette, le Parnasse les agrémenta de tout l'apparat de ses orfévreries, les décadents en éthérisèrent les formes et animèrent de frissons l'antique et impassible statue. Mais oratoire, quoique s'élevant à l'intensité de l'ouragan, chez Victor Hugo, narrative avec Leconte de Lisle, mélodique avec Verlaine, la poésie subit, en Stéphane Mallarmé une transformation définitive. Ce qu'il dénie au poète c'est l'ancien souffle lyrique, ce qu'il prêche c'est sa « disparition élocutoire ». Le magnétisme des mots qui s'attirent, se diaprent, ainsi que des pierreries, de reflets réciproques, devait suppléer là direction apparente de l'écrivain. Persistance, chez cet homme, de la magie du vocable, qui devait le conduire à concevoir une poésie symphonique, s'opposant à l'ancien lyrisme. Orchestration verbale, diaphanes architectures des phrases, voilà ce qu'entrevit Stéphane Mallarmé.

*
* *

Tout ceci est d'une superbe intuition. Et ce prouve un lucide envisagement du futur. Le défaut d'une sensibilité naturelle et une éthique individualiste s'opposèrent cependant à la réalisation d'un tel concept. L'œuvre poétique de M. Mallarmé n'est trop souvent qu'une illustration de ses théories. Si l'arrangement de ses syllabes est toujours d'un bon effet, la succession des images est inharmonieuse, et le fil de l'idée décrit d'exagérées paraboles.

C'est que cet artiste régla tout selon son caprice.

Il eut un souci constant de son autonomie C'est l'harmonie de l'univers qui impose la symphonie du poème. Je ne sais si M. Mallarmé est d'accord avec son œuvre, et si l'une et l'autre sympathisent d'une mutuelle estime, mais son œuvre est étrangère à la vie. Son charme artificiel reste inanimé. Peut-être ne lui a-t-il manqué que l'Instinct pour dominer ce siècle entre Hugo et Verlaine ?

Il ne constitue guère, hélas ! qu'une curiosité esthétique, et ce n'est pas un grand poète.

Maurice Barrès

ET LA LITTÉRATURE ÉGOTISTE

A Eugène Montfort.

La Culture Solitaire du Moi est
impossible. Et le Monde, c'est la fontaine merveilleuse, féerique et miroi-
tante où l'homme peut contempler en
ses innombrables métamorphoses, les
formes passées, présentes et futures
de sa changeante Statue.

M. L.

I semble qu'il y ait des dynasties intellectuelles, où l'on se transmette, comme
un trésor héréditaire, sa manière de
sentir et ses modes d'expression. Et je
pense que de toutes celles que nous
connaissons, il n'en est pas de plus française et où
l'esprit traditionnel ait autant persisté, que dans cette
délicieuse et haïssable famille dont Voltaire pourrait
être l'ancêtre, et qui, par Stendhal et Renan, aurait en
Maurice Barrès, sa conclusion définitive. Ah ! si nous
appliquions d'ordinaire notre esprit à la minutieuse
analyse des psychologues, comme il nous tenterait
de retrouver en ses ascendants, les principaux sentiments dont M. Barrès est aujourd'hui tourmenté. Et
ce nous serait peut-être une distraction fort sédui-

sante, d'apprendre, par quelle succession de métamorphoses, la grimace du vieil Arrouet put se trans-
figurer, pour devenir, enfin, le sourire ardent et
attristé, de notre gracieux contemporain : l'auteur du
Jardin de Bérénice.

Mais le malheur est que, n'étant point dilettante,
nous ayons à parler d'un dilettante. Et il ne faudrait
nullement en discuter avec des manières trop sévères
de critique dogmatique. Ces dilettantes sont à la
vérité des personnes fort curieuses, qui dans la vie
des nations, paraissent à cette époque précise où les
races s'étant mélangées, certains individus naissent
fort hétérogènes et avec une diversité de facultés
extraordinaire. Aucune mission ne les sollicite en
particulier, mais ils s'intéressent volontiers à mille
objets très disparates. Tant de sentiments, en eux,
luttent et s'annihilent, se guerroient avec une violence telle, qu'on dirait des chocs de tribus. Cette
complexité d'âme, le plus souvent, demeure une
occasion d'indifférence et tels cas de spleen et de
langueur dont furent assaillis plusieurs modernes, en
sont la conséquence. Petites âmes vieillottes, qui
ont accompli en des existences passées le périple des
sensations possibles, et parcouru, en tous sens, l'univers idéologique « piétiné comme un manège. »
Pourquoi ne naîtraient-elles pas avec un sourire
d'amertume ? M. Maurice Barrès est une de ces âmes-

là. Il possède de multiples atavismes. Il eut pu séduire M. Max Nordau. Comme Néron ou Caligula,
il est un dégénéré, mais plus intelligent et d'esprit
moins pâteux que ces sombres empereurs. L'excel-
lent fut, qu'il eut le bonheur de se connaître. Crai-
gnant l'emprise du Mal Pessimiste, il se réforma. Il
fut donc dilettante avec tendresse et dévotion, analyste avec ferveur.

Les antiques Pyrrohoniens et les philosophes de
la Moyenne Académie, s'imaginaient que la Sagesse
était assez proche du sommeil. Pour eux, l'apathie,
qui est l'absence complète d'émotions, était un état
supérieur, une position aussi enviable que le bonheur
des dieux. Le code des dilettantes est tout différent.
Jouir de tous les menus faits de l'existence, jouir à
tous moments, faire de toute circonstance une source
d'agrément, chercher la jouissance de toute sa volonté, mettre en cette jouissance, la plus grande
somme possible de volupté cérébrale, voilà la règle
essentielle du dilettantisme. Il faut assouvir ces mi-
crocosmes compliqués des nombreux désirs dont ils
sont capables ; soigner et dorloter ces jolies cervelles
comme de petits estomacs malades et délabrés. Dans
tous les systèmes, dans toutes les religions ils trouveront indistinctement quelque friandise. Le dilettante est donc éclectique. Le dilettante est aussi cos-

mopolite. Quoiqu'il ne fréquente pas sans relâche et comme M. Bourget, les Tables d'Hôte et les *Kursaals*, il n'est soumis à aucun site, il ne reconnaîtra, nulle part, la frontière de sa patrie. En Espagne, parmi les touffes des magnolias et de rhododendrons charnus, comme en les plaines de Lombardie, parmi les bosquets de citronniers, il se sentira aussi dispos qu'à l'ombre fraîche et violette du pommier natal

Monsieur Maurice Barrès est ému de cette façon, et lorsque juché sur sa petite mule alerte, sonnante, il escaladait les pentes rocailleuses des Sierras Toledanes, ses préoccupations étaient les mêmes, j'en suis sûr, que dans son ermitage de Saint-Germain en Lorraine. Le souci de son âme le tourmentait uniquement. Ornementer son intelligence de quelques imageries et l'enrichir de nombreux paradoxes, ces soins l'accaparaient tout entier. Et il s'adonnait silencieusement au délicieux passe-temps de l'analyse.

Pour des gens dont l'émotivité est fort restreinte, l'analyse est en effet un moyen méthodique très recommandable. Ils dissèquent et font des abstractions, comparent et subtilisent. Ils peuvent dédoubler leur âme, ressentir des impressions et en même temps, assister, impassibles aux modifications de leur esprit. En ajoutant à la sensation naturelle tous ces piments, en la relevant par mille

ragoûts intellectuels, il n'est pas rare qu'ils arrivent
à décupler l'intensité de leur émotion. Mais surtout,
ils s'infatuent de la façon toute particulière, dont ils
acquièrent une sensibilité personnelle, rare et distin-
guée. C'est ainsi qu'ils affinent leurs frissons. Jeux
charmants et supérieurs, grâce à qui des tempéra-
ments fort sévères et positifs purent parvenir au
pathétique, et ce qui est moins aisé, à la passion !
Aussi comprendra-t-on que le même auteur qui a
écrit les phrases sèches et minuteuses de « *Sous l'œil
des Barbares*, ait pu nous donner certaines pages de
« *Du Sang, de la Volupté et de la Mort.* » Si pre-
nantes à cause de leurs saveurs de vieilles venaisons et
de leurs odeurs fortes d'épices exotiques.

Mais, contrairement à son ancêtre Stendhal, le
plaisir de l'analyse n'est pas, pour Maurice Barrès, une
joie suffisante. Il subsiste en lui un souci de désinvolture et d'élégance cérébrale. S'il est logicien
comme l'auteur du « *Rouge et le Noir* », sa forme
négligée était pour lui déplaire. Aussi use-t-il de
l'ironie en gentilhomme de lettres, qui en connaît
toutes les passes et les parades. L'ironie chez cet
auteur n'est pas un persiflage, mais il y a recours
pour se modérer. Ses descriptions sont-elles trop
enthousiastes, où l'emphase apparaît-elle, une ironie
interviendra et ramènera l'allure de la phrase à ce ton
aimable de conversation, qui est d'usage entre beaux

esprits. D'ailleurs, pour un écrivain aussi peu romantique, chez qui le goût domine, une épithète trop
passionnée, une exclamation trop sincère paraîtrait
un oubli des convenances, une offense au beau style
et aux bonnes mœurs. Il pense en effet que seuls les
hommes grossiers sont susceptibles de passion. Pour
ce sceptique, le sourire est un signe de sagesse, et lui-
même se confie à nous en de pareils termes : « A
certains jours, nous sommes aussi capables de prendre
plaisir à des plaisanteries faciles sur ce qu'il y a de
plus profond et d'essentiel en nos âmes. C'est que
nous vivons à peine ; nous vivons par un effort
d'analyse. »

*
* *

On peut dire que M. Maurice Barrès n'apporte pas
en littérature une forme nouvelle. Dans le roman, il
semblerait qu'il méconnut les conceptions de Flaubert, des Goncourt ou de Zola. Ses petits romans
idéologiques ne sont guère différents de ceux du
XVIII⁰ siècle, et ses courtes monographies philosophiques, où sur un ton enjoué, il traite d'importantes
pensées, sont d'une grâce et d'un genre tout voltai-
riens.

Mais sa méthode éthique, qu'il emprunta à Loyola,
et sa manière d'ironie, qui semble dérobée à Saint-
Simon, ne manquèrent de séduire quèlques contem-

porains. Sur les vélodromes et dans les antichambres
des revues, il est désormais fréquent de rencontrer le
barrésiste. S'il n'en porte pas le nom, il en détient
cependant toutes les façons. Il est moins sympathique
que Julien Sorel et d'une intellectualité inférieure.
Et c'est un spectacle suffisamment baroque, de voir
des gens d'instincts grossiers, se parer d'une fine attitude et affecter des coquetteries de pensée.

*   *
*

De moins en moins, nous nous sentirons épris des
paradoxes de cet écrivain, malgré leur attirante préciosité. Nos âmes ont des aspirations différentes. Et
voici entre quelques-unes de ces propositions, celle
peut-être qui eut le plus d'extension et qui, à cause
de cela même. me semble justement condamnée.
« On attache beaucoup trop d'importance, pour l'ordinaire, aux circonstances de la vie, dit Maurice
Barrès dans ses *Idéologies Passionnées*. Que nous
passions notre existence dans telle ou telle occupa-
tion, cela est peu caractéristique. Chacun suit la route
qui passe dans son village ; celui-ci va dans les cloîtres, cet autre dans les casernes, ce troisième sera
cuistre dans les bibliothèques et ce quatrième courra
les maisons de joie. Sur ces allures extérieures, n'al-
lez pas classer les hommes. Observez plutôt la façon
dont ils sont émus, leur manière de prendre des

résolutions, ces secousses décisives qu'ils ressentent chacun dans leur sentier. »

Voilà un aveu bien joli. Et on ne se doute guère que sous ces phrases, si bien dites, se déguise une hérésie d'art assez commune. Ainsi, selon M. Barrès, seuls, les sentiments particuliers, les émois rares et peu fréquents séduiraient le romancier, et plus un héros possède de singularités, plus il serait supérieur. Si l'on partage sa conception, un homme n'est beau que s'il se différencie des autres par quelque qualité extraordinaire. Je sais bien que cette formule est adoptée par une multitude de gentils génies et de psychologues délicats. Mais je crois que tous ces auteurs, qui se plurent, ces derniers temps, au dessin d'atlas sentimentaux, et aux auscultations psychologiques, se trompèrent. Croient-ils donc avoir atteint à un pathétique bien élevé ; pour avoir accumulé une infinité de traits ténus, et avoir figuré de beaux mouvements d'âme, ils n'ont pas créé de héros vivants. Mais puisque nous avons résolu d'envisager rigoureusement Maurice Barrès, comme un éducateur, examinons la misérable influence, que peut avoir, en éthique, l'axiome dont il est question. C'est ainsi envisagé qu'il paraîtra néfaste en conséqences. Voyez-vous des hommes, qui dans le mépris de ces « allures extérieures », s'appliqueraient à se singulariser, à se créer un univers personnel, et qui sacrifiant leur fonction, s'efforceraient à devenir des individus. Pour une coquetterie mentale, ou pour posséder des mots d'auteur, les voyez-vous abdiquer leur beauté et leur rôle nécessaire. Comme je reconnais là une idée de dilettante. Et ce qui m'étonne davantage, à ce propos, c'est qu'une phrase si bien ordonnée et harmonieuse, puisse, — réalisée, — aboutir à un chaos aussi effrayant.

De cette conception d'un gracieux idéologue, combien j'aime rapprocher celle de M. Saint-Georges de Bouhélier, sans doute parce qu'elle en est la contradiction. « Les âmes humaines et leurs passions — exprime-t-il dans la *Vie Héroïque* — les luxures de leurs basses amours, et les tristesses où elles succombent, cela vraiment importe peu. Ce que pense un bouvier, un roi, ne vaut pas que l'on s'y attarde. Ils gardent d'autant moins d'intérêt que plus d'émotions les exaltent, car ces émotions les détournent des rites. Un homme paraît — c'est un maçon, ou un guerrier, ou un pêcheur. Il ne faut pas que l'on s'arrête sur ses vaines sensibilités. »

Celui qui prononça ces paroles dénonce une sensibilité supérieure. Ces « occupations » pour qui M. Barrès se montre si indifférent, M. de Bouhélier les considère comme des missions divines et héroïques. Si un romancier se préoccupe uniquement de la façon dont sont émus les hommes, il restreint

3*

l'art à quelques personnalités d'élite. C'est ainsi que Paul Bourget ne s'intéressera qu'à quelques mondains bien doués, et que Maurice Barrès — qui est plus délicat — ne trouvera sa suffisance que dans son propre miroir. M. Saint-Georges de Bouhélier, pour qui l'analyse d'âme est secondaire, élargit énormément l'horizon de l'art. Tels hommes que méprisent ordinairement les psychologues, qu'ils trouvent grossiers et qualifient de barbares, se trouvent réhabilités. Voici un artisan. Son attitude et sa fonction, le paysage qui l'enveloppe, l'air qui le frôle et l'éclaire, tout cela le rend sublime. Il resplendit comme une face de la Nature. Dans son attitude sacrée, il incarne un paroxysme. Mais un égotiste, avec une éducation moins civique et plus sentimentale ne comprendrait pas cette beauté fruste et naturiste, car à la moindre parole que prononcerait notre homme, il se montrerait aussitôt extrêmement froissé par ses erreurs de langage.

Pourtant, nous saurons gré aux dilettantes et notamment à M. Barrès d'avoir pu échapper — par des moyens factices — à l'empire du mal pessimiste. Malgré qu'ils usèrent d'ironies et de badinages, ils aimèrent la Vie et la préférèrent à la Mort. Grâce à leur méthode, ils parvinrent même à la passion. Et puis après le romantisme, on n'admirait que les grands gestes et les pompes magnifiques. Ceux-ci

nous intéressèrent à de petites choses et nous sau-
vèrent de l'indifférence.

Enfin Maurice Barrès demeure un grand écrivain,
c'est le plus distingué, le plus impeccable de nos
Gentilshommes-Prosateurs. Et surtout — avec Voltaire, Stendhal, Renan — il reste dans la tradition
nationale.

———————

La Littérature Allégorique

A Laurent Tailhade.

*Tout homme apparaît comme un
Mythe, il s'agit de l'interpréter,*

SAINT-GEORGES DE BOUHÉLIER.

LES arts prochains créeront-ils de nouveaux mythes ? Ou bien les réalisations
légendaires des temps passés — immor-
tels thèmes à variation et à exégèse —
suffiront elles toujours aux aspirations
des âmes passionnées ? La question est séductrice et
ne manque pas d'intérêt immédiat. M. Stéphane
Mallarmé dans l'une de ses divagations, déclare qu'il
ne croit guère à l'instauration de futures légendes.
Ajoutons qu'il ne nous donne à cette affirmation
aucun prétexte. Je crois, pour ma part, que cette
mythologie païenne, qui peuplait son panthéon
d'Idées-Statues, de sentiments sculpturalement objectivés, est depuis longtemps définitive. Cette mythologie, d'ailleurs, si persistante dans nos mœurs occidentales, toujours victorieuse, règne encore dans nos intelligences. La chrétienté dut malgré soi en pénétrer sa
théologie. Les moindres lettrés en subissent l'influence.

Nous en retrouvons la tradition dans les plus puérils récits et ses fictions jolies ont, dès l'enfance, enguirlandé nos premiers rêves. Cette religion nous paraît désormais toute naturelle Et cependant dans l'histoire de la pensée, sa naissance demeure un évènement extraordinaire.

On peut dire, que ce fut dans ce petit monde hellénique, au bord de ces golfes abrités, glauques et cléments, parmi des paysages dociles, de menus horizons, sous ces ciels propices que l'humanité se réveilla. Ce fut le berceau où elle prit conscience de sa puissance. Il n'y avait point là de ces flores gigantesques, enchevêtrées, qui humiliaient de leur magnificence les riverains du Gange. Le grand désert implacable et monothéiste n'étendait plus l'aridité de ses plaines. Mais l'homme rencontrait ici une faune asservie, des fleurs comme attentives, proportionnées à ses désirs, qui semblaient lui offrir amoureusement les douceurs des saveurs, des miels et des ombrages. Et comme il trouvait une nature pacifiée, des aspects moelleux et des sites minuscules, il s'infatua. Il substitua son propre triomphe aux fins de l'univers. Science, art, religion, il restreignit tout à soi-même. L'inscription du Temple de Delphes fut adoptée. La philosophie descendit des Edens sur la terre et l'on décora d'humaines effigies, l'antique forêt panthéiste.

C'est alors qu'on doua toute chose d'une face an-

thopomorphique. Dans leurs fictions, les fontaines
empruntèrent aux poètes les visages de leurs amantes.
Et les nymphes naquirent. L'écume éblouissante et
voluptueuse des vagues fut, un jour, moulée selon les
formes blanches d'une baigneuse qui s'y jouait. Et
voici Galatée, reine de la mer. La naïve affabulation !
Le charmant artifice ! Et comme il faut admirer aussi
l'exquise puissance de l'art ! Par l'extrême grâce des
attitudes, ces gens nous évoquèrent la multiplicité des
forces cosmiques. Les conques marines aux lèvres
des Tritons simulèrent le mugissement des tempêtes.
A vrai dire, ils ne se soucièrent guère du paysage. Il
se résuma dans un emblême. N'était-ce pas merveilleux de réduire toute la magnificence des campagnes à
cette gerbe d'épis, que porte avec emphase la rustique Cérès ? Puis d'innoffensives foudres au mains de
Zeus nous firent oublier les orages.

Cet art, d'une extrême ingénuité, comme il nous
paraîtrait extraordinaire si notre imagination n'y était
si accoutumée. Les blancs bergers de Théocrite, les
héros d'Hésiode, les éblouissantes statues de Phidias
nous séduisent d'un indicible charme. A les contempler, cependant, à les entendre notre âme n'éprouve
pas de grandes, d'épuisantes émotions. Nous ne nous
sentons ni élevés, ni amoindris. Mais une admiration
calme et paisible nous étreint. C'est que, là, rien ne
transparaît qui nous soit étranger, ni la face énigma-

tique de *l'autre*, ni le mystère de l'inconnu. C'est l'unique triomphe de l'homme auquel nous assistons, le triomphe sur l'univers de sa stature divinisée.

Orpheus et Narcisse, Pygmalion et Prométhée resteront cependant d'imperfectibles, d'inoubliables créations. Jamais l'humanité n'incarna, en de si prodigieux héros, les divers sentiments de l'amour. Seule, la figure du Christ fournit l'adorable expression du sacrifice. Malgré tout, il faut se persuader que cet art demeure incomplet car il se restreint à l'humanité. Art d'allégorie et d'emblême. Si certains poètes firent parfois intervenir les noirs cyprès, les mélèzes et les gris oliviers, ce n'est pas qu'ils y découvraient une beauté spéciale, ni par prédilection particulière, mais bien pour la rigoureuse signification de vertus fictives. Et, si dans maintes odes et épopées, figure le laurier rose, ce ne fut pas pour l'éclat de son feuillage, ni pour la frimousse en flamme de sa fleur, mais comme une pure et exacte métaphore de la gloire. Ainsi l'homme anima d'abord de sa psychologie, toutes les formes d'alentour, et il lui sembla charmant d'exprimer toute la nature par la grâce de sa structure.

Par la suite on se lassa de cette simplicité. L'art fut influencé par les modes décadentes, et devint l'apanage des aristocraties. La littérature prit une magnificence somptuaire. La langue s'enrichit de métaphores

et les statues se couvrirent de joyaux rares. De plus
en plus, et peu à peu, s'affaiblissait le sens de la
nature. Et sur la terre vêtue de jardins bien parés, et
sous les gros dômes d'or arrondis, surgirent les
icônes byzantines. Singulière coïncidence ! nous
avons assisté à la même aventure.

Puis vinrent les jours d'ascétisme et la chrétienté
barbare. D'opaques nuages de crêpe assombrirent le
paysage. Les hommes s'habituèrent à considérer la
terre comme un gouffre infernal, comme une affreuse
contrée d'horreur et de malédiction. On sépara le
Paradis de la Nature. La chair parut ignominieuse et
la maternité une souillure. On flagella la nudité et il
y eut des imprécations contre la blanche peau en
fleur, « Ce sac perfide qui enveloppe de sa fragilité
l'horrible grouillement des tripes et des viscères »
disaient les clercs avec des paroles empestées. Les
rites naturels étaient désormais abolis. Les bergers
n'adorèrent plus les sources, même à travers le rire
d'argent des naïades ! Et les pommes d'automne
n'eurent plus de pieux fervents fussent-elles emblé-
matisées en les petits seins joyeux des Pomones jou-
flues. Pourtant l'allégorie n'avaient point disparu,
mais renaissait avec des formes nouvelles, car les
dieux avaient quitté nos parages pour d'autres plus
aériens. Et tandis que les créatures vivantes prenaient

les apparences monstrueuses de plantes animalisées
et sensibles de faune tourmentée et plus malsaine que
les rêves de M. Odilon Redon, pour devenir des anges,
le corps des hommes s'immatérialisait, virginal. Et il
y eut de ravissants petits jeunes gens qui avaient des
yeux d'or et portaient des ailes blanches, dérobées
sans doute aux cygnes mystiques.

* *

La Littérature Allégorique des jours récents ne peut
se comparer à aucune des précédentes. Ici ce n'est
plus l'homme qui se mire dans l'univers et se plaît
amoureusement à lui attribuer ses traits délicats et
blancs, à l'agrémenter de sa fine stature. Et ce n'est
plus le croyant, qui dans la contemption de ce monde
s'efforce à déformer les créations naturelles, tandis
qu'il imagine de brillants paradis angéliques, où
passent ces formes spiritualisées, conformées tout
exprès pour habiter ces villégiatures aériennes.

Nous devons rechercher à cette littérature des ori-
gines esthétiques et philosophiques à la fois.

La raison d'art qui la motiva est fort superficielle.
Pendant la réaction qui se produisit d'une violence
insoupçonnée jusqu'ici — contre le Naturalisme et M.
Emile Zola — on revint naturellement à ces fictions
romanesques, aux sites shakespeariens et ossianiques
pour qui s'étaient passionnés les écrivains roman-

tiques. Comme il y avait eu excès de modérnisme, les
artistes se laissèrent attirer vers la mystérieuse ivresse
des temps révolus, vers le mirage des anciens âges.
Aux décors quotidiens, ils préférèrent la mythologie
païenne et la théogonie des Védas, qu'avaient remises
en faveur le prestigieux talent de Leconte de l'Isle.
Et puis, c'était le temps où des esprits aventureux —
Catulle Mendès, Edouard Dujardin, Alfred Ernst —
commentaient devant la France terrorisée, l'œuvre
énorme de Richard Wagner, et l'on se passionna aussi
pour la pompe héroïque et rude, le geste démesuré
et la grâce barbare des Légendes rhénanes. Mais la
littérature archaïque devenait un genre perimé, l'art
de recontitution était passé de mode, semblait surtout
piteux devant les magnifiques thérories de l'Ecole
Naturaliste. L'adopter c'était revenir au réalisme-
épique de Flaubert, au formisme des parnassiens. Et
pour s'éprendre des *Walkûres* et des *Niebelungen*, on
n'avait même pas le prétexte de tenter une poésie
nationale. Il fallait trouver une excuse à ce caprice,
une idée mentale qui puisse absoudre la part fantaisiste de cette réforme d'art. Et c'est ici qu'intervient
la raison philosophique.

Les philosophes idéalistes et en particulier Emma-
nuel Kant avaient mis en suspicion l'existence objective du Monde extérieur. « La seule réalité, c'est la
pensée » avait dit le génial maniaque de Kœnisberg.

Et Amiel plus proche, n'avait-il pas énoncé déjà sa conception de l'Univers qu'il envisageait « comme une allégorie de soi-même » et prononcé cet axiome devenu célèbre : « Les paysages sont des états d'âme. »

Les jeunes poètes — ceci se passait vers 1886 — embrassèrent donc avec enthousiasme la foi idéaliste. A leur manie rétrospective ils avaient trouvé une excuse idéologique. Puisque, selon de si grands philosophes, le Temps et l'Espace n'avaient pas d'existence réelle, pourquoi se plier au joug d'une époque ou d'un milieu. Seules les idées sont essentielles et pour les exprimer, l'artiste use de la forme qui lui paraît la plus aimable. Il agit selon sa volonté. Il se crée un univers spécial. Si vous ouvrez un volume de de M. de Régnier, Samain ou Merrill, si vous regardez les pâles imageries de MM. Maurice Denis ou Osbert, vous n'éprouverez pas de fraîches ou ardentes sensations naturelles, mais vous discerneriez les extériorisations, en des paysages choisis, des sentiments de ces auteurs — nostalgiques ou joyeux. Ce sont des tableautins où ils représentent leurs états mentaux. Telle fut l'exégèse de cet art chimérique, de cette fade littérature de songe et de langueurs.

C'est le temps des sites invraisemblables où les poètes placeront des personnes fabuleuses qui seront leurs sentiments objectivés. Voici en son artificiel jardin l'âme de M. Samain ; une enfante en robe de parade. Et voici des parcs et d'antiques manoirs, et les Dames d'Autrefois, et les vivianes, « les princesses mornes depuis des ans et des années » où s'incarnera l'âme mélancolique de M. de Régnier. Quelle est cette blanche théorie qui s'avance, là-bas, triste et incolore ? c'est le cortège des heures, des regrets, des espoirs. Elles portent pour se distinguer des objets emblématiques, des Bagues ou des Thyrses, le Miroir ou l'Epée ou le Laurier ou la Colombe. Malgré le luxe descriptif et l'emphase des narrations cela n'est guère varié. Ces répétitions nous excèdent.

Investir une abstraction d'un nom ou d'une apparence humaine, la faire évoluer en la sombre atmosphère de sites surannés, et exprimer en paroles hautaines des idées qui vous sont chères et personnelles, voilà une esthétique déplorable. Nous ne sympathisons pas avec ces personnages cérébraux. L'irréalité de tout ceci, le défaut de pathétique nous accable d'ennui et l'aventure poétique ne correspond à aucune de nos émotions habituelles et journalières. Ces héros extraordinaires, à cause des contrées fabuleuses où ils vivent, de leur phraséologie pompeuse, de leur aspect emphatique, nous troublent plus qu'ils ne nous séduisent. Nous ne retrouvons aucune de ces choses familières qui nous sont si précieuses. Tout cela est si lointain. Ah, si ces poètes regardaient à

leurs alentours, ils y verraient des scènes courantes,
y entendraient d'usuels dialogues. Leur génie et leurs
artifices consisteraient à parer ses intimités d'un
caractère d'éternité, à restituer à ces hommes frustes
et serviles, soumis aux contingences, leur signification
divine et absolue. Oui! combien à la Gardienne, à
Hertulie, au Chevalier qui dormit sous la neige, nous
préférons la gente Nausicaa qui joue avec ses com-
pagnes, l'hivernale Clarisse pressant le blanc linge
mousseux, ou encore cette petite Mouquette qui
présente, si ingénument, à tous passants la double
aurore de ses jeunes fesses !

La chair de ces suaves héroïnes s'embrase d'une
ardente passion. C'est que, le poète, s'il veut donner
naissance à des créatures vivantes et toutes palpitantes d'être, ne peut rester solitaire. Car le poète
est incomplet. Et il a besoin d'être fécondé. Il tend
son âme comme un brillant calice, passif et magique.
Les âmes des petites choses affolées, s'y épanchent
et s'y engouffrent avec vertige. Certes il expire sous
le choc d'émotions si puissantes, mais c'est pour
renaître transsubstantié dans la stature frémissante de
ses personnages, dans le frissonnant fouillis des paysages. Et c'est ainsi qu'une œuvre d'art demeure
l'heureux résultat de ses Noces merveilleuses avec la
Nature. Saint-Georges de Bouhélier qui a, à maintes
reprises, exprimé ces pensées, nous a chuchoté

à ce sujet quelques exquis propos : « Tout palpite, tressaille eucharistiquement. Il faut considérer les choses comme de saintes et ardentes hosties. — Le Poète, sous les apparences surprend les petites âmes qui dorment. Il les appelle et elles se lèvent, car il est semblable à l'Amour. Or il les mène en paradis. »

Tenter de rajeunir les vieux mythes, les fictions, les fables et les légendes en les douant d'une réalité sentimentale et en les animant de ses songes personnels, apparaît donc une entreprise contraire à la Nature. Les essais qu'on fit — nous l'avons constaté — ne furent pas très heureux. Comme si des mythes mystérieux ne s'accomplissaient pas sans cesse sous nos yeux, mais ils nous paraissent moins surprenants parce que nous assistons constamment à leur quotidienne comédie. Nous sommes présents à de frustes repas et à des accueils rustiques dans nos promenades campagnardes qui surpassent en grâce divine la Cène chrétienne et le Banquet platonicien. La révolte de ce manœuvre n'est-elle pas aussi pathétique que l'insurrection de Prométhée. Et si nous comprenions leur emblême social, leur symbolisme supérieur, tant d'outils discrédités, les sonnantes truelles, et les fourches sournoises, et les râteaux bruissants nous paraîtraient d'une beauté aussi haute que les riches et claquants étendards des chevaleries évanouies.

4

Or, ce qui distinguera l'art futur, c'est précisément
le renoncement du poète à exprimer ses sentiments
individuels. Déjà Linné, puis toute la dynastie des de,
Jussieu ont reçu des plantes mêmes, d'adorables
confidences sur les merveilles de leur anatomie.
Novalis, Beethoven, Corot ! quel magnifique exode
de l'âme vers la nature. Monet qui réalise cet hymen
formidable de l'Œil et du Soleil où le Sens devient la
Sensation ; Zola dans l'idylle panthéiste de l'abbé
Mouret demeurent les précurseurs de l'art naturiste.
L'objet s'interprète sans nul artifice. Des meules
saignantes confient leur destin sans le secours de
nulle Cérès, et comme nous préférons à la Vénus
antique, le sublime cantique d'amour qu'entonne le
Parc du Paradou. Car nous concevons une œuvre où
s'assembleront enfin tous les êtres, apparaissant dans
leur stricte morphologie, chantant ces dieux à leur
image, qu'ils rêvent assurément.

Emile Verhaeren

A Jacques Dreese.

Mais l'obscure nuit est longue. Et les
sonneurs dorment autour des beffrois.
Les pieux héros font retentir les cités
mortes. Et leur souffle empesté éteint
l'éclat du ciel !

(*La Vie Héroïque*).

SI, comme l'a défini Saint-Georges de
Bouhélier, le grand homme est une
expression œcuménique , l'Homme-
Concile où s'assemblent les âmes de
toute une race, il faudrait investir de
ce titre, Emile Verhaeren. Car si, dans ses poèmes,
se transverbent et chantent le sol, l'âpre atmosphère,
les sites et les architectures d'un territoire, si le tour
de sa phrase a consacré les idiotismes et l'accentuation
particulière d'une Province, c'est bien le génie flamand
tout entier qu'incarne et résume le prodigieux poète
des Villages Illusoires, ce génie complexe qui anima
jadis Rubens et Jordaëns, Teniers et Braekenburgh,
qui anime encore aujourd'hui les Meunier et les
Eckhoud, les Lemonnier et les de Groux. De tous
ceux-là, Verhaeren possède, à la fois, la véhémence

dans l'expression, l'intelligence des objets domestiques
et aussi une extrême dévotion pour la matière qu'il
divinise, pour la fruste réalité dont les formes et les
aspects le hantent, tour à tour. Dans son œuvre, on
n'entreverra pas ces féeries allégoriques et emphatiques
où se complaît l'imagination saxonne, les menus
bocages, les molles collines où se joua la poésie
hellène, n'espérez pas surtout y rencontrer ces mille
fadeurs, et ces mysticités malsaines qui amollissent
la pensée contemporaine. Mais puisque nous sommes
las des décors mensongers, où dépérissent des roses
anémiées, des sentiments compliqués et des sadismes
cérébraux, ouvrons les *Flamandes*, la première œuvre
du poète, pour nous y exalter parmi ces Edens
charnels, ces idylles rouges, ces joies peut-être
grossières, mais farouches, violentes, d'une pacifique
et généreuse santé. Du temps où ces poèmes s'éla-
boraient, le Naturalisme était dans toute sa gloire,
Emile Verhaeren lui emprunta sa manière scripturale
et son vocabulaire pour traiter des scènes familiales,
des épisodes et des sentiments qu'avaient autrefois
réalisés, dans un art différent, les vieux Maîtres de
Flandre. Assurément, leur recherche fut identique.
La réalité lui fournit des motifs d'émotion et, comme
eux, il s'émerveilla dans les truandailles, les jacqueries
et les kermesses. Des cygnes ne naviguent pas sur de
lisses et féeriques étangs, mais dans une authentique

campagne, — pailles et or — près de la grange, non
loin de la mare saumâtre, jouent et grognent de roses
et gras pourceaux. Cependant, son principal souci
fut d'abord de peindre, et tels sonnets des *Flamandes*
constituent plutôt des tableautins, d'un coloris vif,
chaleureux, très ardent. Ainsi l'art du poète fut, au
début, descriptif ; et, alors, soit qu'il esquissât avec
une maîtrise d'expression toujours croissante, les
portraits de ses *Moines* ascétiques, figés dans leur
rigide et tombale stature, soit qu'il s'essayât à évoquer
les vieux cloîtres féodaux et gothiques, ou à chanter
en fresques d'un sombre éclat, les tragiques aspects
de ses *Soirs*, le souci qui le dominait fut, sans cesse,
celui-ci : limiter la poésie à la peinture, à la stricte
impression, par l'artifice du verbe, des formes et des
couleurs.

Mais, nonobstant l'éclatant génie visionnaire de Verhaeren, cette façon poétique demeurait insuffisante ;
l'uniformité métrique glaçait les émotions, malgré
l'évocatrice puissance de l'épithète. Enfin, le tour
narratif, qui interdit tout cri de sensibilité, étouffe
la moindre clameur passionnelle, nuisait au complet
épanouissement de cette âme ardente et frénétique.
Voici le temps des *Apparus dans mes chemins* et le
talent du poète va subir une totale et logique métamorphose. Désormais, l'énorme vie ambiante, l'infinie
rumeur d'alentour, il ne s'agira plus de la décrire sur

un mode prescrit. Cette esthétique rétrécissait,
immobilisait la Nature, quand la mission de l'art est
de la magnifier, de l'exprimer dans son ruissellement
perpétuel. Il voulut que la flamme intérieure qui
l'embrasait, que la phosphorescence immense des
couchants incendiât sa phrase du bruissement des
étincelles, de mots-brasiers, que l'organisme vibrant
de sa Parole battît et fut scandé aux pulsations de sa
fièvre, haletât selon son souffle. Ah! il fallait bien
que la pâte indocile du langage fondît sous le feu de
sa passion, pour que, malléable, elle prenne la face
farouche de ses hantises.

Si le style doit être consubstantiel à l'objet qu'il
célèbre, celui de Verhaeren, ravagé et chaotique,
demeure bien l'image et le reflet de ce tempérament
exténué sous la violence des chocs sensoriels. L'harmonie imitative, l'expression directe, brève, stricte
et sèche, les métaphores populaires et réalistes,
souvent vulgaires mais grandioses, aboutissent chez
cet homme à des effets imprévus, extraordinaires. Il
est certaines strophes de Verhaeren qui vous anéan-
tissent et vous secouent comme une trombe formidable
et pleine de fracas, où les mots éclatent et retentissent
comme des météores. Des visions tourbillonnent —
du sang, de l'or, des ténèbres — brûlent nos paupières.
Plus rien ne subsiste en nous, qui soit littéraire ou
cérébral, l'émotion devient toute physique. Des

adverbes aux sonorités métalliques , longuement,
intensément, renforcent les périodes, éternisent,
prolongent et répercutent comme de successifs échos,
la sensation principale. Tel poème de *Villes Tentaculaires*, c'est moins du lyrisme qu'une rafale verbale,
une écrasante bourrasque rythmique. Les formes,
les lignes se brisent, les coloris s'effacent, dans ces
rauques symphonies . On lit *le Vent Sauvage de
Novembre, Une meule qui brûle*, et ces cris, ce tumulte,
ces vocables qui s'entrechoquent, nous conquièrent
et nous harassent. On oublie les antiques figurines,
les vieux radotages sentimentaux. Nos sens vibrent
comme d'inconscientes lyres. Cette formidable tour-
mente a brisé, emporté les fleurs flétries des rhétori-
ques dépérissantes. Le plaisir littéraire disparaît devant
une joie supérieure.

* *
*

Cette poétique barbare et primitive, il faut reconnaître que M. Verhaeren l'a réalisée dans sa totale
intégrité et sur un ton majuscule, principalement en
ses récents ouvrages : *Les Campagnes Hallucinées,
Les Villages Illusoires, Les Villes Tentaculaires*. Ces
livres forment une héroïque trilogie qui demeurera
— à coup sûr — le chef-d'œuvre du poète. C'est que
les extravagants caprices qui sollicitent, si souvent,
a verve des virtuoses du vers, n'ont point motivé

l'écriture de ces volumes. Mais ce qu'il faut y considérer, c'est l'illustration, en des pages palpitantes,
d'une phase déterminée dans l'histoire de la tribu
humaine, d'un événement social, décisif et contemporain : l'abandon général et quasi universel des
campagnes, pour les cités factices et monstrueuses.

De ce grand événement social, auquel nous assistons,
le plus important qui soit en cette époque, Emile
Verhaeren nous a donné de ténébreuses et lamentables
peintures.

Il a vu, dans cet exode de familles innombrables
hypnotisées, délaissant leur demeure et leur glèbe
ancestrale, la bonne vie domestique et champêtre et
la sainte quiétude de la Terre, pour l'existence tourmentée des métropoles. un fait anormal, anti-naturel.
Une épouvante l'étreignit. Ce spectacle le hanta
comme le présage d'un désastre formidable et comme
un sensationnel symptôme de l'agonie des races
occidentales.

Pour nous, — et c'est le résultat de nos croyances,
— malgré que nous en percevions la gravité, nous
ne voyons là rien d'extraordinaire. Nous assistons à
un mouvement naturel, nécessaire et fatal, destiné
peut-être à bouleverser dans sa morphologie la
surface terrestre, mais imposé par des lois cosmiques.
Il faudrait l'assimiler à l'antique révolution que fut,
par exemple, aux temps immémoriaux du sublime

Prométhée, le passage de la vie nomade à la vie
sédentaire, nécessité par l'édification du premier
foyer. Un biologiste y verrait assurément un sujet
d'étude ; un philosophe, méditant dans la mansuétude
de ses abstractions, y constaterait, sans ironie, un
phénomène aussi normal que les périodiques migrations des peuplades volatiles (hirondelles ou cigognes) ;
mais ce poète visionnaire et romantique, qui s'émeut
de sensations instantanées, en a conçu la plus émou-
vante et la plus tragique des Fresques-Epopées.

L'existence qu'il eût aimée partager, Verhaeren nous
l'a confiée dans ses chères *Flamandes*. Ces sites joyeux
comme un dimanche d'été, avec leurs riches pacages,
leurs fermes opulentes où rient de grasses filles
plantureuses, leurs moissons rouges où, pareils à des
flammes, les corps amoureux ont d'étroites étreintes,
je ne doute point qu'il ait rêvé d'y séjourner. Il
n'espéra jamais d'autres paradis. Il lui eût tant plu
de se mêler à ces rudes travaux, à ces mâles amours.
Que ce soit dans une intention d'hygiène morale ou
physique, ou bien par appétition instinctive, cette
vie simpliste l'eût passionné. Mais c'est en vain qu'il
regarde autour de lui. Tout lui semble anormal,
dégradé, factice. Rien n'est que désordre et chaos. Il
ne pourra donc pas ordonner son âme troublée, dans

l'eurythmie de l'univers ; cette paix qu'il n'a jamais
pu trouver dans le Rêve, la Réalité la lui refuse à son
tour. Son pessimisme s'accrût au contact de la nature.
Il eût d'irrésistibles vertiges, et succomba. Car il y a,
chez cet homme, et concurremment, de l'apitoyement
et de la bonté, de l'effroi et une cruauté naturelle qui
lui fait éprouver de délicieuses terreurs, de morbides
voluptés devant les spectacles de la Mort. Dans cette
âme contrastée, ces divers sentiments ne s'équilibrent
jamais et ce conflit qui règne dans son âme, persistera
encore entre celle-ci et le monde extérieur.

Il perçoit de minimes détails dans des visions
monstrueuses ! Où sont les saines joies d'autrefois ?
la Nature est donc elle-même une chimère ? Le Mal
et la Misère triomphent. Il sanglote d'altruisme, en
même temps qu'il s'enivre de ses visions maudites.
Les sombres prophéties du Poète vont commencer.

Il y a, en effet, de terribles malédictions dans les
Campagnes hallucinées. Le *Dies Iræ* n'a point de
violences plus éclatantes, l'évocation y est dantesque
mais plus plausible et je ne connais guère que la
Danse Macabre d'Holbein qui atteigne à une effroyable
et aussi dramatique intensité.

Dans une nature terrorisée, des paysages prennent
une apparence d'enfer. Des plaines s'étendent chauves
et rases, où végète un gazon bistre. Des moulins, au
loin, semblent d'énormes araignées. Les hommes ont

déserté cette contrée agonisante. Les seuls êtres
humains qui la hantent encore sont d'horribles fous,
proférant des cris aigres, et qui glapissent leur démence
en d'affreuses chansons. Les mares stagnent empoi-
sonnées. Nul troupeau n'y vient boire, car aucunes
des bêtes domestiques, qui, mieux que les fleurs et
les fruits, égayent l'existence paysanne, n'ont survécu.
On n'entend plus le pimpant concert des basses-cours ;
le vif vernis des plumages n'éclate pas dans les branches ;
les moutons gris ne courent pas sur les routes, comme
des flocons de poussière. Mais il y a des oiseaux qui
« crient la mort », et sur la terre privée de sève, des
rats rongeurs pâturent seuls. Toute la vie s'est refugiée
en ces apocalyptiques cités dont les profils gigantesques apparaissent à l'horizon brouillé de nuées
charbonneuses. Et voici passer de lugubres, mortuaires
et allégoriques cortèges : La Fièvre « dont personne
n'entend les pas » et qui sort d'un marais immonde,
accompagnée de mendiants jeteurs de mauvais sorts.
Et enfin les dominant de sa statue, voici la Mort,
atroce et grandiose figure qui semble résumer l'horreur entière de cette contrée pestilentielle, la Mort
qui apparaît.

> *Sans éprouver l'horreur de son odeur,*
> *Ni voir danser, sous un repli de sa tunique,*
> *Le trousseau des vers blancs qui lui tètent le cœur.*

Malgré notre antipathie pour l'Allégorie, — que

nous considérons comme un procédé artificiel, —
nous ne pouvons céler notre admiration pour celles-ci.
C'est qu'elles n'ont rien de conventionnel. Ce sont
plutôt des réalisations de cauchemars que de véritables
personnages d'invention. Et elles constituent, pour
ce poème, une ténébreuse et nécessaire apothéose.

Cependant — serait-ce une hallucination nouvelle ?
— de rares et fantomatiques villages semblent avoir
survécu. Sont-ils réels ou sont-ce des songes ? Le
poète les dénomme des *Villages Illusoires*. Sous le
vent et la neige, ils gisent misérables : pauvres bâtisses,
grêles enclos. Des artisans, obstinément, s'y acharnent
à de mécaniques labeurs. Ce sont d'antiques races,
et tout y apparaît décrépit, délabré ; une sombre
patine obscurcit le ciel lui-même. Attentifs, courbés
sur des eaux taciturnes, peinent de noirs pêcheurs.
Sur les routes, les attelages ont des profils d'enterre-
ment. Dans sa boutique basse, voici le menuisier
obstinément penché sur son travail symétrique, depuis
des temps qu'on ne sait pas ; voici le sonneur sonnant
son glas affolé tandis que l'anachronique clocher
croule dans l'incendie ; le blanc cordier visionnaire
qui semble attirer à lui les horizons, et enfin, vision
macabre et triomphatrice : le Fossoyeur apparaît, qui,
halluciné par son ultime sacerdoce,

..... regarde au loin les chemins lents
Marcher vers lui, avec leurs poids de cercueils blancs.

Et tandis que ces vieux villages agonisent lente-
ment, les villes, là-bas, repercutent le fracas d'une
vie atroce et frénétique. Les bouges y bouent de
luxures ; l'orgie et la folie sont déchaînées. Ce sont
les *Villes Tentaculaires* qui, pareilles à de colossales
pieuvres semblent s'être gorgées du sang de toute la
terre. Les usines y ronflent, d'horribles bazars regor-
gent d'oripeaux bariolés, et des décors modernistes y
prennent l'apparence d'un gigantesque brasier. On
connaît les prédictions d'Ezéchiel et que proféra —
aux temps bibliques — le sombre prophète contre
les cités maudites de Gog, de Tyr et de Sidon. On
en retrouve les vociférations dans les strophes noircies
des *Villes Tentaculaires*. Et j'aime apparier deux rouges
et lyriques barbares qui ont célébré ces ruines et ces
décadences, où tressaille la genèse d'un monde nouveau.

*
* *

Tels sont les derniers tableaux où se plaît l'imagination exaspérée de Verhaeren. Il faut distinguer
chez celui-ci, une âme délirante et passionnée, qui
ne parvint jamais à s'harmoniser, à s'équilibrer dans
la Nature. Voilà pourquoi nous voyons en lui et sans
attacher, comme M. Charles Maurras, un sens péjo-
ratif, à ce terme un artiste romantique. Mais surtout,
il aura consacré, en l'art poétique, des objets ordinairement méprisés.

Ses tragiques cris, malgré leur pessimisme, nous les préférerons aux sylves fleuries, aux éternelles liturgies, aux roses. Peut-être ne satisfait-il pas totalement nos instincts de latin, mais qu'importe ? Voilà un homme qui s'est affranchi de vains soucis littéraires. Nous l'admirons comme l'authentique effigie d'une race étrangère. Et les Flandres doivent vénérer en lui leur poète national.

Adolphe Retté

A Léon Bazalgette.

« Il faut exister publiquement ».

ONSIEUR Adolphe Retté n'est pas uniquement une superbe personnalité littéraire, mais surtout une physionomie humaine des plus attirantes. Parmi les poètes de cette époque, sa vie et son œuvre demeurent d'une beauté indépendante et sauvage. Les sautes de son caractère concordent fraternellement avec ses changements d'opinion. Dans ses justes revendications, comme dans ses erreurs, il fut exalté et sincère, passionné jusqu'à la souffrance. Il subit de rudes épreuves. Et c'est à cause des rafales sentimentales dont il fut accablé, de ses désillusions philosophiques, qu'il acquit cette sereine et aubale mansuétude, cette confiance et cette sécurité dont il possède désormais la jouissance. Comme Jacques Simple de la *Forêt Bruissante* qui a franchi toutes les étapes du Sage, il a atteint enfin la Terre souhaitée, la bienheureuse Arcadie.

Il faudrait considérer surtout M. Retté comme un Symbole d'indépendance. Ainsi l'on comprendrait sa

vive haine contre tous les jougs despotiques, la
révolte vibrante de ses strophes, sa jeunesse étrange,
tumultueuse et ballottée. On comprendait encore
l'ardeur de ses polémiques, la fougue combattive de
ses critiques qui sont aussi bien la clef de son œuvre,
que le reflet de son existence.

Au temps où il débuta dans les lettres régnait la
plus étrange confusion. C'était au début du Symbolisme, encore le terme n'était-il pas inventé. On
commençait à se libérer de la poétique, étroite et
dogmatique, du Parnasse contemporain. Paul Verlaine avait déjà fait faire la cabriole au sonnet, Jules
Laforgue avait initié quelques oreilles « au charme
certain du vers faux ». M. Kahn publiait ses *Palais
nomades*. C'était la guerre à l'alexandrin et l'on brû-
lait, en grande pompe et publiquement, le traité de
versification de Monsieur de Banville. Cependant
que M. René Ghil essayait d'établir, alors sans suc-
cès, des règles draconiennes qu'il basait sur des
théories scientifiques.

Le vers libre ou polimorphe apparaissait. Venait-il
de Pologne, comme nous l'ont assuré plusieurs esprits malicieux, d'où l'aurait importé Madame Marie
Kryzinska. Ou bien sort-il du Cercle des Hydropa-
thes où l'on en avait usé d'abord comme d'un jeu
et par fantaisie. Malgré tout, cette forme d'art triom-
phait. La Critique s'insurgeait. Les Parnassiens ser-

raient les coudes, voyaient, avec terreur, grandir
cette réaction et flagellaient avec mépris l'attitude de
ces « décadents », de ces « inconoclastes ». De tous
côtés, les échos retentissaient de discussions de grammaire et d'euphonie. Ce n'étaient que commentaires
sur le vers, discussions byzantines, propos sophistiques pour excuser ou incriminer le mode nouveau
d'expression poétique. Et jamais scholiastes si subtils
n'avaient introduit dans leurs babillardes querelles,
tant de pédanterie et de futilités prétentieuses.

A cette réforme, M. Adolphe Retté sut découvrir
une *raison humaine*. Il s'était montré dans cette célèbre querelle d'une activité fiévreuse et batailleuse.
Ses chroniques à *l'Ermitage*, pleines de verve, d'érudition, d'à-propos philosophique, furent fécondes
en influence et eurent de grandes conséquences.
Dans ses commentaires, les misérables questions de
linguistique ne le préoccupèrent guère pour la justification du vers libre. Car M. Retté sait bien que
ces discussions de rhéteurs n'ont avec l'art qu'un
rapport vague et incertain. Il ne pense pas que pour
le poète, la littérature doive, seule, exister ; mais il
croit qu'aux révolutions esthétiques nous devons
chercher les causes plus profondes. Et ces causes,
M. Retté les a recherchées jusques au fond de son
organisme. Au préalable, son tempérament d'indépendance, que nous avons déjà signalé, se révoltait

à l'idée d'un code écrit, sans sanction naturelle, uniquement établi par l'usage et le préjugé imbécile.
En même temps qu'il réprouvait, en éthique, les
dogmes religieux et les tables législatrices, l'idée
d'une loi littéraire, où, sans distinction, tous les
poètes devaient s'asservir, l'épouvantait. Et tandis
qu'en politique, il réclame encore pour l'individu la
liberté d'expansion, il proclamait alors la liberté de
l'expression. Avant toute chose, pensait M. Retté, le
Poète doit être un individu. Il doit s'affranchir de
l'Education, cette méthode uniforme et artificielle
par laquelle on abaisse l'individu dans un moule
commun. Acquérir une sensibilité autonome et personnelle, tel est le principe primordial. Ensuite on
devra chercher une façon de s'exprimer adéquate et
conforme à sa vision de l'Univers. Ce choix d'un
instrument qui s'adapte à nos facultés, est pour lui
une chose essentielle. C'est ainsi que les uns adop-
teront la langueur plaintive des violons, les autres
préféreront le sanglot des harpes, — et ce seront des
élégiaques. Ceux-ci la discorde des tubas, et d'autres
l'ample sonorité des orgues soupirantes — selon qu'ils
seront extatiques ou révoltés. Les antiques genres,
en quoi on voulut enclore et restreindre la poésie,
l'Idylle avec ses gerbes agrestes, l'élégie avec ses
larmes cristallisées, le sonnet minuscule, l'ode et la
ballade, toutes ces classifications inutiles sont abolies,

mais chaque individu s'exprime dans un genre
spécial et unique. Le seul criterium est la beauté. A
un Homme libre convient un rythme libre, voilà ce
que proclame M. Adolphe Retté.

Voici une année, dans un article au *Figaro* qui eut
du retentissement, Saint-Georges de Bouhélier sou-
tint une théorie contraire à celle que nous venons
d'exposer. N'étant pas partisan de la Liberté, il pré-
tendit que le poète devait s'asservir à la nature, se
soumettre au joug sacré de ses émotions, en être le
docile esclave attentif.

Et c'était en ces termes qu'il préconisait l'expression
spontanée : « Un poète chante, — l'aurore — l'été.
Le cantique où il les célèbre ne lui appartient pas.
C'est d'eux-mêmes qu'il l'apprit, — hymne énorme,
églogue d'or. — Ce qu'il récite, ils le lui chuchotè-
rent. Avec ses cent mille petites voix de montagnes,
d'aromates, de creuses sources, de violettes, de
gouffres, la Nature lui enseigne les rythmes. »

Mille et mille futilités furent dites sur le « Vers Libre », aussi la beauté
simple et logique qui éclaire la théorie de M. Retté étonne-t-elle. M. de
Souza qui s'est fait une spécialité de ces saugrenuités s'est surtout distingué par la complication burlesque et l'inélégance de ses paradoxes.
Ce mallarmiste incompréhensif, surnommé le maniaque de « l'e muet »
assurait récemment que la jeune génération littéraire, tout entière igno-
rait la *Science* du vers libre. Pourtant le vers est-il libre ou non ? Si oui,
il n'y a plus de vers faux ; il n'y a que de bons ou de méchants poèmes.
Les personnes soucieuses de cette question trouveront des documents
fort précieux dans le livre de M. Albert Mockel, *Propos de Littérature*
qui est avec Maurice Griveau le plus subtil de nos esthéticiens contemporains.

« Comme si le poète méditait! Il ne crée rien,
étant tour à tour océan, esclave, branche balancée,
étoile, fontaine, aurore, saule blanc, coquelicot d'or
ou coq — il écoute ce que crient les spectres. »

« Il assiste au concert des archanges et des fleurs.
La Nature par sa bouche s'exprime. »

Mais avec Saint-Georges de Bouhélier nous avons
à juger un naturiste. Nous quittons la Littérature
subjective pour la littérature objective. Il n'est point
question, ici, d'extérioriser ses sentiments en suaves
et lyriques chansons, mais d'exprimer la nature dans
son eurythmie, l'univers dans son immense ruissellement, dans sa totale synthèse. Nous passons de la
mélodie à la symphonie. Et puis, est-ce bien le vers
libre que défend si magnifiquement ce jeune poète?
C'est plutôt une forme d'art supérieure, plus complète et dont il nous faudra, peut-être, proclamer
bientôt le triomphe : la Prose Rythmée, vibrante et
crépitante, de lueurs, de parfums, de musiques,
comme un morceau de nature — transverbée.

Parallèlement à ses discussions, M. Adolphe Retté
préparait un grand effort de synthèse poétique. Les
Parnassiens avaient pris coutume de réunir sous un
titre vague et évasif des poèmes composés au hasard,
sans suite aucune. Cela formait des recueils disparates, où le poète composait un florilège de ses meilleurs vers, dans l'unique but, souvent, de faire appré-

cier la richesse de ses rimes. M. Adolphe Retté
s'insurgea contre cet usage. Il avait le pressentiment
d'un poème ùnitaire où toutes les pièces auraient
entre elles un lien d'âme, une suite idéologique. C'est
alors qu'il écrivit *Une Belle Dame passa*, un cahier
de rythmes exquis, avec son thème et ses motifs
croissant en pathétique, et se nuançant et se trans-
posant selon l'heure sentimentale. La plupart de ses
œuvres a été écrite, d'ailleurs, d'après cette conception supérieure.

Mais dans la *Forêt Bruissante*, il a élargi encore le
cadre du Poème. Il y a introduit le dialogue, et
surtout tenta ce tour de force : résumer dans la vie
d'un Homme les étapes successivee de l'Humanité. Il
est possible, il est même certain que Jacques Simple
n'est nul autre que M. Retté, mais il incarne aussi
dans une statue qui la résume, l'Humanité tout entière,
qui erre, s'égare, trébuche dans le chemin du Bonheur,
franchit les dures étapes, subit les jougs souverains,
se heurte, tel Œdipe, au front énorme de l'énorme
sphynx mystérieux.

* *

M. Retté a compris qu'un poème était l'illustration
fleurie et simple d'une époque de vie. Il faut chanter
non pas dans l'unique but de créer des strophes
inanimées. Le poète aime que la foule, en écho,
répète ses rimes sonnantes. Les statues qu'édifièrent

5

autrefois les sculpteurs sacrés enseignent perpétuellement aux hommes la triomphale beauté de leur
attitude. Et ce sont d'éternels modèles de la plastique
humaine. Il en est de même de ces frissonnantes
cantilènes où des poètes font retentir en paroles
scandées, le rythme tumultueux de leur propre
existence. La passion qu'ils y insufflent augmente le
pathétique des auditeurs et ranime l'orgueil de la
tribu. La vie du poète a des courbes harmonieuses et
ce sont ces inflexions, musicalement exprimées, qui
douent les races de beauté morale. Le Sage doit
habiter une humble et transparente maisonnette de
cristal. Aucun de ses gestes ne doit demeurer caché,
mais il doit les déployer avec grâce et éloquence.
Car ses belles actions persistent dans les souvenirs
comme des maximes mimées et vivantes.

Il ne doit pas, pareillement, tenir secrètes ses pensées, mais les présenter, comme des guirlandes ailées
de colombes, comme des boisseaux pleins de fro-
ment, à la réunion de ses voisins attentifs.

Si le poète chante pour lui-même, et d'une flûte
égoïste, il est misérable ou incomplet. Le poète
s'exprime pour tout le monde. C'est un Maître de
Joie, de Beauté, de Sagesse. Les Héros, les Martyrs
sont sa progéniture. Ses rythmes deviennent pour les
nations, un sujet d'allégresse. Ils sont garants de la
santé publique, et ils sont nécessaires.

M. Adolphe Retté est de notre avis.

On conçoit qu'avec une telle compréhension de l'Art Civique, M. Retté ne pouvait sympathiser étroitement avec Stéphane Mallarmé. D'ailleurs, il se déclare maintenant l'adversaire irréconciliable de la Littérature artificielle. Et s'il a une inclination pour Baudelaire, il la tient surtout à son éducation, à l'influence des milieux. N'est-ce pas dans la préface de l'*Archipel en Fleurs* qu'il nous a confié son idéal de Poète ?

« Je voudrais rencontrer, dit-il, une brute, un être primitif et sensitif, frissonnant aux frissons de la forêt, rêveur à cause du murmure des roseaux frolés par le vent aux rives des fleuves, illuminé d'un doux rire puéril aux querelles des oiseaux, heureux par la pureté du soleil qui se lève et surtout épris sans le savoir, de quelque Eve, apparue un soir de printemps, au lointain bleu d'une allée, enfuie depuis, Dieu sait vers quels saules. Et je voudrais qu'il eut le don du Vers ».

Belles paroles d'un de ceux qui ont gravé les plus beaux vers de ce temps et qui a clamé fièrement :

Je sonne la révolte et je brandis l'Idée
Pour la libre bataille et la libre épopée.

Francis Vielé Griffin

A Théo Reeder.

Voici le petit-fils de Walt Whitmann. Il nous est arrivé, par delà l'Atlantique, de parages lointains, et avec une façon spéciale de frissonner. Tout l'espoir qui anime de sa joie, le monde nouveau, vibre dans l'âme du poète et l'embrase. Avec une maladresse délicieuse, avec une préciosité quasi féminine, il adopta notre langage. Ce « fin parler de France » souple et protéen, qui est devenu par l'effort de nos artistes, la langue des langues, l'idiome parfait, supérieur au marbre pour l'expression des formes, et l'égal des sonorités mélodiques pour l'expansion aérienne des rythmes, cet étranger le fit fleurir de floraisons imprévues.

Jules Laforgue! Francis Vielé Griffin! le rapprochement de ces deux noms me comble d'émotions. Ces deux poètes furent à peu près contemporains et sensiblement du même âge. Peut-être eurent-ils l'extraordinaire destin de se serrer la main! Pourquoi leur recontre me paraît-elle si poignante. C'est

qu'elle m'émeut comme le choc symbolique de deux
continents, comme la confrontation — sous des
aspects humains — de deux civilisations différentes.

Laforgue qui semble émigrer des bords du Gange,
souffre du fatalisme oriental. Il y a du boudhiste dans
son sang épuisé. On sent, à la vibration éteinte de sa
parole, la vieillesse de sa race. Il est né avec un atavisme de mélancolie et, j'en suis sûr, Hamlet, Rolla
et Werther sont de sa famille, Schopenhaüer fut son
maître d'école et Baudelaire causa ses premières délices. Avec une pareille ascendance, il ressentit
bientôt l'accablement du mal de vivre. Malgré ses
bouffonneries, les clinquantes ironies dont il use
pour dissimuler son pessimisme, sa fantaisie le dis-
trait à peine. Il n'a même plus le cœur de pleurer.
Et ce sera le poète de l'ennui.

Vielé Griffin, qui par l'indépendance de sa proso-
die est si semblable à celui-ci, contraste pourtant
avec lui de toute sa nature. Il ne s'est pas complu
dans le nihilisme métaphysique. C'est un annonciateur
de joie et le poète de la Vie et de l'Action. Ce débar-
qué des rives occidentales ne s'est point passionné
pour les ivresses du Nirwânâ. Il fit sourire jusqu'aux
larmes. Et comme le grand optimiste d'Amérique,
son aïeul et son maître, il a clamé la joie de vivre.

C'est pourquoi de ces poètes l'un est mort, Jules
Laforgue, l'autre vit, Francis Vielé Griffin.

Ces hymnes formidables de Walt Whitman, fougueuses et tempétueuses comme l'ouragan sur la grande prairie, M. Francis Vielé Griffin sut les proportionner à la tempérance climatérique de nos contrées. Aussi ses ritournelles ont-elles des refrains de brise. Sa joie est toute précieuse, et il lui arrive de parler comme une prude. On dirait qu'il considère le monde comme une ronde enfantine, et les sites qu'il évoque nous paraissent pacifiés, riants de mansuétude, vêtus d'une éternelle robe printanière.

M. Vielé Griffin est à la fois un poète didactique et un poète allégorique.

Poète didactique! il prêche l'optimisme, avec une voix si ineffable, si confidentielle et chuchotée qu'on ne sait vraiment s'il parle à soi-même, à quelque naïf néophyte ou à une femme aimée qu'il étreint tendrement. Souvent il passe de ce ton didactique au lyrisme pompeux ou bien au madrigal, avec une désinvolture qui, pour être admirable, n'en est pas moins déconcertante. *Eurythmie*, *Au Seuil* et les *Chansons à l'Ombre* qui sont le chef-d'œuvre de ce poète, scintillent de brèves maximes.

Tantôt elles le sont à peine, si doucement soupirées, comme dans ce vers

Pleurer est doux par dessus toute chose

Tantôt elles prennent une forme plus doctrinaire

5*

et philosophique, comme en ces strophes, qui nous rappellent la manière de M. Sully-Prud'homme :

> *Ainsi le soleil vit en son moindre rayon*
> *Et quelle herbe rêva ses gloires embrasées ?*
> *Et qui devinerait aux larmes des rosées*
> *La vaste mer houlant jusqu'au Septentrion ?*
>
> *Ainsi la plaine immense élargissant nos rêves*
> *Suscite l'infini pour se perdre au néant,*
> *Ainsi la folle extase avec ses splendeurs brèves*
> *Eblouissent nos yeux jusqu'en l'aveuglement.*

Tantôt enfin, elles éclatent en des cris superbes :

> *Il n'est pas de nuit sous les astres,*
> *Et toute l'ombre est en toi !*

Ainsi M. Francis Vielé Griffin chante en tout lieu et perpétuellement l'optimisme, et il s'en est réservé l'apostolat. Il le chante dans une molle campagne, fraîchement arrosée, dorée d'épis, sous un tiède soleil. Il marche, il chante, des fleurs se dressent, des haies frémissent, scintillent de rosée, et dans ses chansons il fait allusion à tout cela, à la nature joyeuse, aux rivières qui rient autour de lui, aux choses qui se pâment dans le plein air de midi, et flambent et crépitent comme sa chair.

Car M. Francis Vielé Griffin est encore et surtout un poète allégorique. Mais son genre d'allégorie est tout différent de ceux que nous avons analysés précédemment. Il ne lui plut pas de promener son âme

dans des décors de tapisserie, parmi l'ingénieux
agencement des vieilles laines fanées. Le poète d'*Eurythmie*, des *Lavandières,* des *Etoiles Filantes* possède
ce rare privilège d'avoir été l'instigateur d'un mouvement dont il ne tolère pas les erreurs. Tandis que
les uns se partageaient les vieux déchets romantiques
ou wagnériens (1), les dagues rouillées et bornaient
leur esthétique à allégoriser ces objets de panoplie,
que d'autres s'ingéniaient à des déformations, à des
subtilités psychologiques et baudelairiennes et res-
suscitaient cette littérature métaphorique chère à
l'abbé Delille, seul peut-être il sut conserver une
simple sensibilité. Il s'éprit des campagnes touran-
gelles, et comme emblême de son âme, il prit des
objets quotidiens et familiers Il se para d'une candeur rustique. Tel paysage d'aube ou de mai, il l'af-
fectionne comme un aspect de son cœur. La nature
intervient dans ses poèmes pour faire allusion à soi-
même, et s'il évoque la figure du Fossoyeur ou du
Porcher, personnages de la vie banale, ce ne sera
nullement comme symboles d'éternité, mais il agré-
mentera leur langage de ses convictions, et vous
vous apercevrez, promptement, que le poète s'est
allégorisé en la stature ou la fonction de ces hommes

---

(1) Cependant en plusieurs occurrences. et natamment dans SWANHILDE,
poème dramatique, M. Vielé Griffin sacrifie malheureusement à la Littérature artificielle.

frustes. Certes, comme nous préférons cet art à la
pompe chimérique, et aux monotones mélopées, dont
on nous fatigua tant ces dernières années. Mais
comme nous sommes éloignés encore du Naturisme
que tous attendent et que nous annonçons. Certes,
avec une grâce éleusiaque et élyséenne, il nous offrit
des sensations larges, saines et fines. Et cela importe,
mais il est juste d'avouer qu'il a célébré la Vie, plus
qu'il ne l'a créée. Il ne l'a pas fait tressaillir, palpitante comme Beethoven ou Rimbaud, Monet ou
Gustave Charpentier. Malgré qu'il la désire, qu'il
l'aime passionnément, il semble qu'il persiste entre
elle et lui comme un voile, une lueur diaphane et
ensoleillée.

⁎
⁎ ⁎

De même que M. Vielé Griffin n'aperçoit la nature
que fort lointainement et comme à travers un vague
songe lumineux, nous n'éprouvons jamais directe-
ment la pensée du poète. On la pressent seulement
sous l'apparence de son style. Elle est comme ces
reflets dans les fontaines, ces images diaphanes et
jolies, d'une séduction immédiate, dont on subit
tout l'enchantement, mais qu'il nous est impossible
d'étreindre, et pour qui tant de charmants héros se
sont noyés, dit-on, dans les vieilles ballades et les
lieder allemands.

Cela nous donne de délicieuses impressions ainsi

qu'une brume légère sur un paysage, ou sur un jeune
visage la doucé transparence d'un clair voile. Mais
la forme que M. Vielé Griffin emploie, hors de la
tradition nationale, est sans doute la cause principale
de ces indécisions. On a écrit déjà des volumes sur le
vers du poète des Cygnes, ainsi que sur sa technique.
Je n'en reparlerai pas, mais je voudrais proclamer
enfin combien nous préférons ses hymnes caressantes,
aux strophes à l'étiquette, que rigide et rébarbatif,
M. Henri de Régnier semble conduire à la parade.

* *

Après tant de philosophes mélancoliques, dont les
conclusions nous excédèrent, nous nous sommes
passionnés pour la mansuétude de ce póète. A sa
suite, et avec l'espoir au cœur, nous nous sommes
précipités vers le futur ; comme des jeune fous émer-
veillés nous avons suivi le galop de la belle Yeldis !
Les échos ont sonné de nos hymnes de joie. Mais un
soir nous avons éprouvé combien il était vain de
marcher, enivrés, vers la mort. Cet optimisme, gai
comme la sève des jeunes roses, nous a paru outré et
exclusif. Nous avons préféré le repos et désiré une
certitude certaine. Les uns ont voulu goûter les
tourments de la passion, un autre s'est arrêté au
péristyle enguirlandé d'un temple antique, et celui-ci
désire une blanche chaumière pour y fonder la religion sacrée du foyer.

Naturalisme et Naturisme

A Octave Mirbeau.

E naturalisme restera, dans l'histoire des littératures, une date sensationnelle et malgré que quelques auteurs, fréquemment piètres, acceptèrent cette doctrine, elle demeure pourtant formidable. Grâce à lui, le trésor des lettres s'est enrichi de plusieurs chefs-d'œuvre, mais surtout cette conception aura, dans les arts futurs, de grandes conséquences. M. Brunetière lui-même, l'a avoué, le Naturalisme ne périra pas tout entier. Et c'est pour cela, qu'il faudrait s'y arrêter quelque temps.

Bien que, parmi les jeunes poètes, on soit d'ordinaire peu instruit à ce sujet, je ne ferai point au lecteur l'injure d'analyser, ici, le naturalisme dans son ensemble. Je ne reviendrai pas sur le passé. Je ne raconterai pas de quelle façon, vers 1860, les jeunes gens, las des verroteries romantiques et des fadeurs romanesques des Feuillet ou des Mérimée, se trou-

vèrent tout à coup férus pour les doctrines positi-
vistes. Les grands efforts scientifiques de Taine et
d'Auguste Comte, les travaux des socialistes allemands et français avaient conquis les intelligences.
Je ne raconterai pas comment ils se façonnèrent une
éthique des vérités scholastiques de Darwin, comment le réalisme scientifique les amena nécessaire-
ment à un réalisme esthétique. Je ne critiquerai pas,
davantage, cet état d'âme. On en a singulièrement
médit depuis. Certes, ces novateurs eurent tort de
faire de l'art une occasion d'expérience, c'était en
restreindre l'éclat et aussi la portée. Et puis l'abus
qu'ils firent de l'observation, donna de misérables
résultats, les conduisit tout droit aux minuties de
l'analyse. Cataloguer les individus et les phénomènes, les étiqueter à la manière des botanistes, cela
n'est ni émouvant, ni sublime. C'est ainsi que, peu
à peu, le naturalisme dévia vers la littérature exceptionnelle et éphémère. La manie documentaire et la
grave folie de l'exactitude métamorphosèrent les
artistes en arides statisticiens. C'est ce qui advint à
M. Huysmans, qui transcrivit si impudemment, au
cours de ses ouvrages, des catalogues de parfumeurs,
de marchands de papier et de négociants en boissons
rares.

Mais qu'importent les erreurs d'une époque,
puisque seules, les œuvres demeurent, et que Zola et

Cézanne, Manet et Monet ont illustré les temps modernes d'une gloire impérissable.

Jusqu'à Zola, on avait toujours isolé, séparé, divisé
les arts. Les rhéteurs nous apprenaient que l'art
pouvait être tour à tour, descriptif ou sentimental,
personnel ou religieux, comique ou élégiaque. Le
premier, ce grand auteur fit une tentative de synthèse.
On ne peut retrouver que dans le Livre de Job, le vi⁰
chant de l'Odyssée et les Evangiles de Saint-Marc et
de Saint-Jean, pareil souci de l'eurythmie. C'est qu'il
ne s'efforça jamais de s'opposer à la nature. Il laissa
les êtres, docilement, accomplir leur destin, s'harmoniser dans leur milieu et dans la société. Pour ce
déterministe, l'individu n'est qu'une phase de l'évolution de l'espèce. Un homme est le produit du
passé et de sa race. Il en contient les germes, épars
en son organisme passager, puis les féconde et les
perpétue. Il y a une chaîne insensible qui unit et
captive les divers membres d'une famille. Chaque
faculté ancestrale trouve son développement, se
crée et s'épanouit en l'un quelconque de ses des-
cendants.

De même tout homme est produit de son milieu.
Il se résigne à sa condition. Mais des circonstances,
des fléaux, des migrations inévitables modifient les
caractères et les existences. — Un homme qui

épanouit en lui, additionne et accumule des instincts héréditaires, se trouve, par le hasard de sa
nativité et les péripéties de la vie dans une contrée
et une société, étrangères le plus souvent à son destin
et à sa race. Le milieu diversifie les atavismes. Nous
assistons à la lente modification des individus. C'est
ce qui arrive pour Lantier dans *Germinal* et Coupeau
dans l'*Assommoir*. M. Zola considère le roman comme
un chapitre d'histoire naturelle. Il laisse ses personnages agir selon ces lois. Et nul ne s'élève à une
haute beauté morale. Chacun possède toujours une
tare héréditaire. L'individu n'est jamais pur, seules
les fonctions des hommes sont divines, et c'est sur
celles-ci qu'il eut fallu insister. Pour la même raison
l'œuvre de ce génie n'est ni pessimiste, ni mansuétudinale. Comme la nature : elle est une perpétuelle
succession d'automnes et de printemps, de deuils et
de joies et jamais le romancier n'intervient pour l'il-
luminer de son sourire ou l'attendrir de ses larmes.

Déjà, avant cet homme, Flaubert avait proclamé de
sa forte voix : « Soyons des miroirs grossissants de
la vie externe. » Par cette phrase bien connue, il
condamnait la littérature subjective. M. Zola l'a
consacrée d'une façon plus éclatante encore. Jamais
il n'intervient dans la destinée des héros qu'il décrit
psychologiquement. Selon la fatalité des principes
précédents l'intrigue se noue, les actes et les évène-

ments s'accomplissent. Le romancier n'a aucune
conception cosmologique. Il n'a d'opinions personnelles ni sur cette circonstance, ni sur cette idée.
L'auteur n'apparaît pas au détour d'une phrase ou à
la péroraison d'un chapitre pour confier son sentiment, comme il est de coutume dans les contes
romanesques ou le roman à thèse. Il laisse se dé-
rouler la nature.

Il existe, sur ce sujet, dans la série d'études sur
les Romanciers Naturalistes, des passages d'une intuition supérieure.

« Un paysage, nous dit M. Zola, n'est plus une des-
cription ; sous les mots, les objets naissent, tout se
reconstruit. Il y a entre les lignes, une continuelle
évocation, un mirage qui lève devant le lecteur la
réalité des images... Les moindres détails s'animent
comme d'un tremblement intérieur. Les pages deviennent de véritables créatures, toutes pantelantes
de leur outrance à vivre. Aussi la science d'écrire se
trouve-t-elle transposée ; les romanciers tiennent un
pinceau, un ciseau, ou bien encore ils jouent de
quelque instrument. Le but à atteindre n'est plus de
conter, de mettre des idées ou des faits les uns au
bout des autres, mais de rendre chaque objet qu'on
présente au lecteur, dans son dessin, sa couleur, son
odeur, l'ensemble complet de son existence. De là,
une intensité de rendu, inconnue jusqu'ici, une mé-

thode qui tient du spectacle et qui fait toucher du doigt toutes les matérialités du sujet.

... Les romanciers obéissent simplement à cette fatalité qui ne leur permet pas d'abstraire un personnage des objets qui l'environnent ; ils le voient dans son milieu, dans l'air où il trempe, avec ses vêtements, le rire de son visage, le coup de soleil qui le frappe, le fond de verdure sur lequel il se détache, tout ce qui le circonstancie et lui sert de cadre. L'art nouveau est là : on n'étudie plus les hommes comme de simples curiosités intellectuelles, dégagées de la nature ambiante ; on croit au contraire que les hommes n'existent pas seuls, qu'ils tiennent aux paysages, que les paysages dans lesquels ils marchent les complètent et les expliquent. »

Voilà des dires sublimes, et qui auront fait subir à l'art une évolution irrémédiable !

II

Les théories éthiques du naturalisme, appliquées à l'art, n'aboutissent-elles pas à la négation de celui-ci ? Doit-on conclure avec Emerson que la sublimité de la nature détermine l'infériorité de l'œuvre d'art, qu'une fleur surpasse une idylle et la moisson une églogue — ou bien avec M. Herbert Spencer que le poète est un être contingent, nullement indispensable, et correspondant à nos besoins de luxe et de frivolité ?

Cette question est inquiétante pour tout autre qu'un écrivain naturaliste. Celui-ci, en effet, a une fonction humaine. C'est un savant qui contemple et ausculte la nature, qui assiste à ses vibrations et à son spectacle, comme un expérimentateur devant ses cornues. Mais le naturiste s'oppose au naturaliste, en ce qu'à l'observation il préfère l'émotion. Sacrifiant la documentation exacte, il estime davantage les sites éternels. Il est moins pittoresque, mais plus sublime et néglige les individus pour les archétypes. Ainsi il peut créer des héros véridiques et atteindre, en même temps, à l'Epopée.

La théorie du Poète que présente Saint-Georges de Bouhélier est donc héroïque et enthousiaste.

« Le Poète, proclame-t-il, est semblable à l'Amour. Et sa mission est d'éclairer les routes ! Il mène chaque âme parmi les lieux de son destin et il lui révèle d'angéliques trésors. » — « Tous les hommes ne possèdent point d'âme. Et certains ont perdu la leur. Et ce sont celles-ci qui créent les poètes. Ames de pirates, de rois et de laboureurs. Voilà où ils puisent leurs splendeurs. Et les poètes vers ces héros se mettent en marche, afin de les leur restituer. Et c'est le gage de leur destinée. » Ces pensées sont

belles d'une forte intuition cosmique et d'une lumi-
neuse évidence. La mission des poètes est donc de
chanter, comme à d'autres sont dévolues des fonctions aussi belles, mais différentes. « Ils se mêlent à
la multitude, ils accomplissent les actions où elle
participe. Et les uns pourraient être, en effet, des
bouviers, des forgerons, des conquérants, selon qu'ils
glorifient les houilles et les épées. Et les autres que
repoussent les peuples, passent au milieu d'eux
comme des voyageurs..... » A l'instar des autres
hommes, les poètes qui expriment les merveilles
ignorées de notre propre beauté, sont soumis aux
universels destins ; ils ne peuvent exprimer que certains sites, que des objets déterminés. Voilà pourquoi
ils se différencient en bucoliques et en lyriques, en
psychologues et en épiques. Ils ne perçoivent qu'une
parcelle du monde, et c'est cette parcelle qu'ils
transverbent, frémissante. « Ils interprètent, tels des
Sens, la Nature. Les uns reluisent, ainsi que des
Yeux-Dieux. Et certains qui entendent les rythmes
constituent de naïves oreilles. Chargées d'odeurs,
enivrées de verveines et d'eaux, chuchotent et chantent les Archanges-Lèvres. »

Dans le dynamisme universel, le poète est donc
une simple force de la nature, et comme tel est
soumis aux lois physiques des âmes ; les normes qui
règnent sur le monde sont celles encore qui or-

donnent son œuvre. Sa volonté et son caprice ne
doivent en rien le troubler. Il est analogue à une
harpe éolienne où s'orchestrent, d'eux-mêmes et
harmonieusement, tous les accents et la gamme
des innombrables sonorités.

⁎

Négligeant ce qu'elle possède d'émotion et de
grandeur, je voudrais insister davantage sur l'humanité de cette doctrine d'art. Car elle participe à des
sentiments impérissables. Pour elle, rien d'éphémère, et l'œuvre d'art devient une monographie de
l'Eternité. Par là, le naturisme se différencie de l'art
pour l'Art qui est relatif aux sentiments du poète, et
de l'Art Social qui est éphémère, asservi à l'esprit,
aux instincts d'une époque ou d'une nation.

Auparavant, on avait envisagé l'homme dans les
émois singuliers de sa vie ; on avait écrit l'histoire,
le mémorial de ses menues et intimes aventures, les
péripéties et les phases de ses petites passions. Dans
cette intention, on accumulait les traits minutieux et
particuliers, on nous le montrait dans des aventures
caractéristiques. Ainsi Racine, Shakespeare, voient
leurs personnages à la minute précise où ils expirent,
tuent ou aiment, pour la notation spéciale d'une
passion, la psychologie d'un sentiment. C'est par
l'attrait surnaturel, la rareté précieuse de leurs pa-

6

roles et de leurs gestes, que ces héros nous étonnent,
nous troublent ou nous charment. A cause de leur
extraordinaire destin, ils se placent au dessus, sinon
en dehors des conditions humaines, sociales et naturelles de la vie. Un autre génie, Gœthe, par
exemple, créera les acteurs de ses romans ; il les
investira de son langage et de ses manières, leur
prêtera sa sensibilité, sa science et ses idées. Ils pé-
roreront ou prêcheront à tout instant sur le ton même
dont le poète aurait usé. Que Faust ou Werter,
Meister ou Ottilie murmurent des futilités ou énon-
cent de savantes propositions, tout cela semble
sourdre d'un tempérament unique et animé d'une
analogue philosophie. Zola qui, pourtant, cessa de
se contempler pour regarder autour de soi, a laissé
parler et agir ses héros selon leurs conditions et leurs
instincts. Il ne s'affranchit point des contingences.
Impressionniste et observateur, il lui paraît impossible d'abstraire un être de son milieu, mais il a
dépeint des sentiments individuels et particuliers.
Ce sera la grande erreur du naturalisme, de nous
avoir décrit des aspects provisoires et de s'être
attaché à la pittoresque exactitude des détails. Le
tort de son roman expérimental est de n'être qu'une
étude dans laquelle il examine les influences que
peut recevoir un homme civilisé de l'éducation
familiale ou religieuse, les déformations que lui

feront subir l'entourage, la société ou l'atavisme.
C'est que, comme nous l'avons déjà dit, le naturalisme se préoccupe encore des individus, tandis que
les archétypes seuls nous sollicitent.

Dans un explicite et merveilleux chapitre de la «Vie
Héroïque », *Le Carnaval des Destins,* Saint-Georges
de Bouhélier s'est efforcé à montrer l'opposition de
l'existence actuelle et de vie véridique : « L'existence
quotidienne parodie la Vie Eternelle, nous dit-il. »
La doctrine naturiste est la doctrine des rapports. Si
elle étudie un paysan, ce n'est point dans sa pensée
(par quoi il se restreint à soi), ni dans ses petites
passions (par quoi il ne communique qu'avec un ou
deux êtres), mais dans son travail (qui, malgré tout,
demeure le centre de son destin), parce qu'alors il
devient un héros. C'est à cette minute que, grave et
divin, il communie avec la nature dans ses saisons,
ses fruits, ses champs, son foyer, et qu'il entre en
relations avec le plus grand nombre d'êtres et d'éléments. Il nécessite un site et un temps. Toute l'humanité est attentive. Il cesse, en réalité, d'être un
homme, pour devenir, à la fois, un ange, un symbole
et une force.

Aussi ces phrases de M. de Bouhélier sont-elles
lumineuses où il nous dit : « Il ne faut point
considérer si ces artisans se contentent de leur
condition ; — et leurs petites vaines turbulences ; —

ce qu'ils racontent les uns des autres en tressant des corbeilles ou en taillant des pierres. — Et celui-ci et celui-là, — et tel ou tel, — et puis tel autre. Il se peut que leur attitude discrédite leur intimité. Et ils parodient peut-être un destin. »

Cette restriction est importante. A quel art nous conduirait l'étude psychologique, minutieuse et fouillée de ces âmes, frustes ? Il ne faut point trop les connaître, de peur de détériorer leur aspect. Sinon nous ressuscitons le roman naturaliste. Cette nuance est capitale, qui nous distingue des précédents esthéticiens, et l'auteur de la *Vie Héroïque* s'y appesantit à diverses reprises. « Ils ne s'expriment pas, ces carriers, par les vaines oraisons qu'ils chantent. Leurs élégies faussent leurs tristesses ; et peu importe qu'ils soient ou mornes, ou élégiaques, ou passionnés. — La pioche qu'ils portent crie leur destin. Leur pathétique, c'est le Mystère dont ils expriment l'Eternité. Leur attitude les interprète. L'art sacré et réel — le Naturisme — ne s'occupera jamais des âmes. » Et n'est-ce pas dans ce même esprit que le jeune écrivain, au cours d'une méditation sur l'émotion, promulguait : « Peu importent, en effet, les anonymes acteurs de la tragédie humaine, seuls leurs rôles surent nous toucher ! »

*
* *

La mission de l'art est de reconstruire des archétypes ; des paysages il fait des paradis et il ressuscite
le Dieu Mort qui gît en chacun des hommes. Le
poète ne crée rien. « Et c'est l'eurythmie de la Nature qui détermine les rythmes de son harmonie. »

« Il ne faut point qu'un poète fasse retentir dans
les dures trompettes mugissantes, les bruissements
doux de l'eau, des printemps, des fleurs. Mais le
poète est lui-même cette pompeuse trompette qu'em-
bouchent, tour à tour, les eaux et les fleurs.

Toute chose est balancée et sonne selon un
rythme. Ce n'est pas le poète qui crée le rythme,
mais c'est le rythme essentiel des choses qui scande
et dirige le poète. »

Si, comme nous l'avons vu, le poète est prédes-
tiné, le poème aussi a ses lois, et il doit être consubstantiel a l'objet qu'il célèbre : « Car un hymne
est un élément de la Nature. Sa grâce est l'effet de
son eurythmie. Il lui est docile comme une fleur et
non moins qu'une étoile, les rocs. — Ah ! qui dira
les lois de l'hydraulique, l'attraction et la répulsion,
par quoi se nécessitent tel chant, et cette églogue, et
cette puissante statue ? »... Un hymne comme un
astre a ses lois. Le paysage le polarise et il subit les
attractions. (1)

---

(1) *Discours sur la Mort de Narcisse* (St-G. de Bouhélier).

Ainsi le poème est nécessaire et supérieur à la
nature, puisqu'il s'affranchit des visions contingentes
et triomphe de la mort. Il devient, à la fois, emblême,
allégorie, symbole et réalité. Il ne se préoccupe que
des types généraux. Il n'est point subjectif, propor-
tionnée à la vision individuelle et étroite d'un seul,
mais impersonnel. La rose chantée par le poète
surpasse en grâce toute rose, elle est la rose véri-
table et réelle, et les merveilles de toutes les autres
s'y cristallisent et y chantent. La théorie de l'Art-
Miroir, préconisée par Emile Zola, se trouve ici
outrepassée. L'art n'est plus, comme l'a promulgué
le chef du naturalisme, la Nature vue à travers un
tempérament, c'est la Nature elle-même qui se vola-
tilise, se transverbe ou s'immobilise, selon que le
musicien, le poète ou le peintre l'envisage. Ce n'est
plus l'Art-Miroir qu'il faudrait dire, mais le Poète-
-Protée, qui revêt, tour à tour, et selon ce qu'il veut
chanter, une forme nouvelle et une apparence
imprévue.

Cette théorie universelle et frémissante, comme
un tressaillement du vieux Pan, aura, en morale et
en sociologie, d'importantes et prochaines conséquences. Mais c'est surtout dans la tragédie et dans le
roman, qu'il faut en attendre d'immédiates réalisations. Sans futiles artifices, elle présentera une œuvre
d'harmonie et de simplicité. Car dans le moindre

frisson où se pâment les blés et les cœurs, le poète
percevra une loi éternelle ; de la réalité il déduira
le paradis et sur ce banal fait divers, que nous
apporte le gris papier du jour, il bâtira une éclatante
épopée.

Paul Verlaine

A Edmond Lepelletier.

A Mort qui n'atteindra ni l'œuvre ni le nom de Paul Verlaine a, par une de ses facéties coutumières, frappé sa personne, quand allait sonner pour lui, peut-être, l'heure de la gloire et du bonheur. Bien qu'il ne fut pas janséniste et moins encore logicien, ce Sage qu'un anachronisme fit notre contemporain, comme nous eussions aimé le contempler aux temps de Jean Racine, ou devisant parmi les solitaires de Port-Royal-des-Champs.

Voici que sur sa tombe les panégyriques ont retenti les oraisons et les adieux (les fleurs de deuil là-bas, gisent — maintenant — effeuillées et éparses) et déjà les générations et les écoles revendiquent l'œuvre du poète. On se dispute la gloire de l'avoir célébré. Les querelles et les turbulences littéraires, ici, n'ont point cessé. Et c'est à qui enfermera dans les étroites formules de son esthétique, la poésie verlainienne.

Ni le Parnasse pourtant, ni le Symbolisme, ni même l'École romane ne peuvent s'en glorifier. C'est que ce furent là des cénacles d'art pur, et que le pauvre Lélian, qui demeurera éternellement le *Poète du cœur*, ne fut point un artiste littéraire. Il fit des vers comme le poirier des poires, ce mot impérissable est d'Emile Zola et il n'est point de plus belle, de plus simple, de plus admirable louange. L'une de ses gloires aura donc été de chanter sans poétique, d'accorder ses chansons selon ses sentiments, de les rythmer au gré de ses frissons. Il n'exprima point d'idées, mais ses pleurs et ses joies, les plus fugitives de ses impressions s'essoraient en spontanées musiques. Chez lui jamais de métaphore, nul artifice d'élocution, nulles phrases et encore moins de périphrases, point d'efforts pour incarner sa pensée qui, d'elle-même, fusait en mélodies claires et cristallines. Musset qu'on peut lui assimiler par l'âme et quelquefois par la facture, à cette question : qu'est-ce que la poésie ? répondit par un célèbre impromptu où entre maintes jolies choses, il disait :

D'un sourire, d'un mot, d'un soupir, d'un regard
Faire un travail exquis, plein de crainte et de charme
Faire une perle d'une larme.

D'une larme, Verlaine fit tout simplement une larme. Ce qu'il y avait de délicieux en lui, c'était la simplicité et surtout l'absence de toute virtuosité. Ce poète élégiaque, à vrai dire, ne composa pas

---

Ces pages de pieuse admiration furent écrites au lendemain de la douloureuse mort de notre bien aimé Paul Verlaine. Comme elles s'encadrent fort bien parmi ces études, on les publie dans leur forme intégrale.

d'élégies, il fit sangloter des paroles. Ses vers sont toujours un écho de son être, et il faut admirer ce merveilleux hymen de l'écrivain et de l'homme, où les strophes et le cœur vibrent à l'unisson.

Ainsi, parallèlement à son œuvre, Verlaine n'écrivit point de théories. Relativement au vers, ou sur les destinées des lettres, il ne nous a laissé aucune divagation. Les livres en prose où il narre ses aventures constituent cependant une illustration de ses poèmes. Outre le charme anecdotique, ils nous sont surtout précieux par l'intérêt d'exégèse qu'ils présentent. *Les Confessions*, *les Mémoires d'un Veuf*, *Mes Prisons* restent de précieux documents sur les événements d'âme d'où naquirent tour à tour les *Poèmes Saturniens*, *la Bonne Chanson*, *Sagesse*. A chacun de ses volumes correspond une époque de sa vie. Et il ne s'y mêle la moindre intention d'art. Mais un jour que ses amis le sollicitaient d'exprimer ses opinions esthétiques, il écrivit avec une douce ironie les quelques strophes de l'art poétique ;

> *De la musique encore et toujours !*
> *Que ton vers soit la chose envolée*
> *Qu'on sent qui fuit d'une âme en allée*
> *Vers d'autres cieux à d'autres amours.*
>
> *Que ton vers soit la bonne aventure*
> *Eparse au vent crispé du matin*
> *Qui va fleurant la menthe et le thym...*
> *Et tout le reste est littérature.*

Ces paroles enchantées, destinées, selon toute
évidence, à désoler les futurs Banville et les Des-
préaux à venir, que de fois les a-t-on considérées
comme l'acte de foi décisif de la génération précédente. Et cependant, quoi de plus faux ! Il faut
certes reconnaître l'empressement, l'enthousiasme
de nos aînés à proclamer le poète, mais ils n'ont
guère ressenti son influence, dirais-je qu'ils ne l'ont
souvent pas compris. Beaucoup lui préférèrent Baudelaire et la plupart n'entend rien à son génie populaire. Quelle analogie, quelle communauté existe-t-il
entre les morceaux factices et ornementés de
MM. Merrill, de Régnier, Samain, Hérold, les
archaïsmes rocailleux de M. Moréas et les ariettes
frissonnantes, en perpétuelles pâmoisons du grand
Verlaine. Pas plus que les Parnassiens, qu'il offensa
par la liberté, l'ingénuité de sa grâce, ces messieurs
ne peuvent le revendiquer.

*
* *

Pour nous, nous adorons en Verlaine le Libérateur.
Nous pourrons admirer avec Maurice Barrès, son
insouciant dédain de la mode, aussi bien dans l'art
que dans la vie, en constatant plaisamment à ce
propos son absolue désinvolture devant toute disci-
pline égotiste. Car l'ignorance de son tempérament
fut le signe distinctif de sa personne où s'alliaient,

sans la moindre méthode, l'inconscience et l'instinct.

Par ses ouvrages, il aura surtout délivré la jeunesse
contemporaine de la redoutable influence de Baudelaire. Il n'y a pas, je pense, dans les lettres françaises
d'aussi fondamentale antithèse que ces deux personnages littéraires. Ce qui distingue le premier, c'est
en même temps l'aridité du cœur et l'impuissance
émotive, mais c'est par le paroxysme des affections
et l'acuité des crises sentimentales que se caractérise
le second. L'auteur des *Fleurs du Mal* se créera donc
une sensibilité autonome et exceptionnelle, appli-
quera son intelligence aux pires perversités ; il ima-
ginera pour ses assouvissements l'enchantement des
paradis artificiels. Chez Verlaine, qui méconnut
toujours les sensations compliquées, les facultés de
sentir restèrent incultes et vives, vierges de tout
intempestif jardinage. Il ne s'émut guère des parfums
composites, il ne s'efforça pas à des combinaisons
psychologiques, où le catholicisme décoratif, le
pessimisme insalubre, l'érotisme cénobitique en-
traient comme éléments ; il délaissa pour les thyms,
les houblons et les lavandes, les orchidées et les
oarystis. Il ne décrocha ni armes ni armures à la
panoplie romantique.

Oui, nous aimons Verlaine, qui n'eut, pour chanter, jamais recours à des sortilèges et à des strata-

gèmes. Il a exprimé des choses si naturelles et si banales ! Au hasard de l'existence, ce sont d'abord les extases langoureuses, les douleurs adorables, les exquis et charnels frissons de l'adolescence et de la puberté.

Et voici les *Fêtes galantes*, le seul livre où il ait objectivé ses états d'âme en des décors coquets et chamarrés, à la Watteau. Et puis, c'est le poème du foyer, de la vie bienheureuse et domestique, la mansuétudinale *Bonne Chanson*, qui reste comme l'apologie des idylles attendries, discrètes et abritées de l'amour monogame. Soudain le poète, épris de vagabondage, s'évade aux paysages belges, et ces aventures si terribles pour l'existence du poète, nous vaudront les *Romances sans paroles*. Enfin c'est l'heure des grands cataclysmes d'où naîtra *Sagesse*, le plus beau livre catholique avec les Evangiles et l'Imitation de Jésus-Christ. Et là, ce nous est une occasion d'observer encore combien ce bonhomme qui chanta la chair et sa misère, pleura bourgeoisement sa femme et son fils, était dénué de volonté artistique. Ce qui le toucha dans sa conversion, ce ne fut ni la pompe des rites, ni les magnificences des cathédrales, ni les splendeurs de l'art mystique. Il ne fut qu'un pécheur qui se repent, appliqué aux durs châtiments de l'humiliation. Son âme s'épancha en litanies parées de nuls atours, et dans ses hymnes liturgiques, c'est spontanément qu'il retrouva les accents de saint Bernard, des anciennes séquences et des proses latines.

. . . .

Parce que Paul Verlaine négligea « l'écriture artiste » pour le culte de l'émotion, parce qu'il nous délivra, littérairement, de l'influence romantique et parnassienne, pour la grâce impressionniste et le charme réaliste de son œuvre, et aussi et surtout parce qu'il chanta perpétuellement la vie, sa mémoire nous est sacrée et nous saluons en lui, sans lyrisme et sans phrase, le Libérateur.

Saint-Georges de Bouhélier

A Andriès de Rosa.

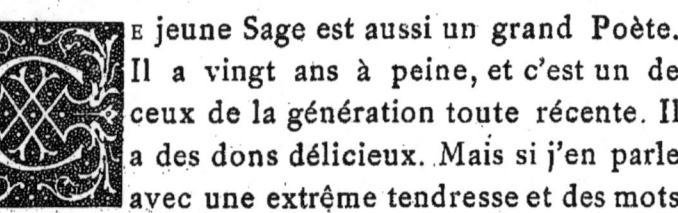E jeune Sage est aussi un grand Poète. Il a vingt ans à peine, et c'est un de ceux de la génération toute récente. Il a des dons délicieux. Mais si j'en parle avec une extrême tendresse et des mots gonflés d'émoi, c'est qu'à travers ses défaillances et ses beautés, ses ivresses et ses langueurs, je sens revivre en un blanc tumulte, les fous sourires, les roses candeurs et les fougueux élans dont semblent tressaillir ses frères d'âge. On dirait qu'il les résume en son destin et que sa chair les ressente. Mais surtout aussi, je l'aime et je l'admire, parce qu'après les débauches d'exotisme et les exils en des siècles légendaires, celui-ci demeure de son époque et de sa nation. Oh! qu'il est ravissant de voir ce jeune homme, pétri de la terre ancestrale des Gaules, retourner aux sources oubliées de la poésie patriarcale, pour y boire avec élégance et respect.

En naturiste émerveillé, il s'est donc résolu à ne pas cultiver son Moi. Il lui plut d'être « le Sourire de la terre ; d'interpréter, en sa conscience et sa haute raison, la vie muette, pourtant si intense de toutes choses. Dans trois livres d'éthique qui parurent, voici plus d'un an, M. Saint-Georges de Bouhélier, le premier a tenté une théorie naturiste. On s'est d'abord peu aperçu de son importance, c'est que le langage philosophique s'est appesanti de tant d'expressions scientifiques et dissonantes, que lorsqu'un écrivain s'efforce à exprimer ses idées avec quelque littérature, s'affranchit de ce singulier idiome, on va jusqu'à lui refuser toute valeur théorique. M. Saint-Georges de Bouhélier qui est surtout un sensitif, néglige dans ses pages toute discussion abstraite, pour des paroles passionnées et didactiques ; il nous enseigne par des cris, des sensibilités, et son verbe qui frissonne plein de sève et de vie, n'essaie pas de prouver, il séduit, il conquiert. Dès l'adolescence, il résolut de mépriser les sciences mortes et inanimées des lettres et des sciences de jadis, vivre de la vie ambiante, défaillir au moindre choc, se colorer de toutes les flammes amoureuses, trembler aux plus disparates émotions, à l'âge où les âmes fleuries et parfumées se dessèchent en des textes arides, constitua sa singulière éducation. Ni Spinoza, ni Hégel, ni Kant ne l'inquiétèrent de leur scholastique ou de leur criticisme. Mais les Livres Sacrés, qui détiennent l'ensemble des métaphysiques terrestres, sollicitèrent sa méditation. Il en ressentit violemment le charme.

Leurs enseignements suppléèrent aux fictions gra-
cieuses des poètes, aux syllogismes des philosophes ;
à parcourir fréquemment les Evangiles, il rapporta
d'opulentes moissons de science et de roses. Pour
avoir vécu les pensées de Jésus et d'Orphée, il doua
les choses d'un caractère d'éternité. C'est sans doute
en ces fréquentions si choisies, qu'il prit cette forme
dogmatique que tant d'acerbes esprits lui ont frivole-
ment reprochée. Le Cantique des cantiques, anima en
lui des désirs latents et il se laissa séduire au miel
enivrant et sucré de ses phrases. Les premières pages
du poète en sont suavement odorantes. Ceux qui
comprirent l'*Annonciation* le savent bien. Ils ont
distingué dans ces feuillets si prometteurs l'autobiographie sincère et transcendentale du jeune homme
moderne tendre et exalté.

Il ne négligea pas ce monde extérieur qu'Amiel
considéra comme une allégorie de soi-même et qui,
dans l'œuvre de nos prétendus symbolistes, fut plutôt
envisagé comme un décor immuable, insensible. La
Nature lui apparut comme l'image éternellement
changeante des Idées et des Formes primordiales ;
la matière, l'emblème sacré du Mystère, et les
hommes comme des représentations symboliques, et
actives, de forces fatales, aveugles et inconscientes.
C'est dans sa *Vie Héroïque* qu'il a commenté, en une
langue de flammes et de fleurs, les labeurs si différents

des êtres, qu'ils accomplissent pieusement « ainsi qu'un énorme et sacré rituel ». Nous sommes voués à certains paysages, et le bonheur réside à nous y maintenir perpétuellement, et si le sort nous en a séparé, s'efforcer d'y parvenir sera le but suprême de nos désirs. Soyons donc respectueux pour toutes les destinées et sachons nous conformer à la nôtre.

« Il y a entre chaque homme des distances d'astres ». Les additions d'instincts de race et d'atavisme, qui constituent chaque créature, aboutissent à des totaux si disproportionnés. Et pourtant nous sommes tous égaux devant la nature. On comprendra le symbolisme sacré de la vie réelle. Les moindres de nos gestes ont de mystérieuses et hiéroglyphiques significations. Nos mains s'étreignent, voilà des mouvements irréfléchis et d'une coutumière banalité, ils possèdent cependant la superbe signification des alliances héroïques. Un homme qui lève les yeux au ciel, cela nous évoque, si nous en comprenons l'intime pathéthique, de paradisiaques sentiments.

Tout homme a un aspect de Dieu, nous dit encore l'exquis évangéliste païen qu'est M. de Bouhélier. Mais on ne veut pas s'apercevoir de la beauté véridique de ces axiomes précis, on se les imagine comme des fictions jolies, et on s'en amuse simplement comme des paradoxales constructions d'un habile fantaisiste. Et cependant, n'y a-t-il pas, dans cette femme rustique

qui se courbe pour glaner, l'inconscient souvenir de
la Cérès antique ? Et sa chevelure tout embroussaillée
d'épis drus et de pailles en fragment lui font comme
une auréole et transfigurent son apparence. Le for-
geron au teint cuivré et métallique, martelant d'un
grand geste uniforme le fer rouge, ne nous apparaît-il
pas comme un dieu farouche de la métallurgie. Et
nous-mêmes, les poètes, ne subissons-nous pas,
malgré nos vœux, l'autoritaire atavisme d'Hésiode et
de Sophocle ?

Ah ! ce mysticisme de la nature, qui donc l'a ressenti et clamé en de semblables phrases :

« Une auberge embaumée et blanche, crépie à la
chaux, poudreuse sous les roses ; un moulin dont les
ailes battent les eaux ; une baraque agreste aux flancs
de lichens, lourds, luisants, glacés, voilà des monu-
ments consacrés par des dieux. Cela célèbre un culte.
Les pierres chantent. Un destin divin s'y représente.
Lieux d'exil et de bon repos où des dieux rudes
s'emploient aux pires labeurs !

« Leur infortune y resplendit — sur une enseigne
sculptée d'un coq ou d'une guirlande et des intimités
publiquement s'interprètent.

« Ainsi, ces édifices ont des aspects de temple.
Pétris de la poussière, du sang et de la chair de toute
une race, ils en gardent la mémoire auguste, et ils y
sont consubstantiels. »

7

Ainsi dans les tragédies qu'il rêve, M. de Bouhélier
ne placera point des personnages légendaires ou allégoriques. Aux palais artificiels, aux contrées métaphysiques, aux hypothétiques paysages, il préfèrera
les chaumières, les marchés, les usines et les ateliers.
Ce sont de magnifiques emblêmes de vie paisible,
tumultueuse ou de labeurs : Temple de la nature où
la vie s'accomplit. Ces héros agrestes ou citadins, il
en admire le merveilleux destin. Car au moment
strict où ils accomplissent leur angélique mission,
ils apparaissent énormes et indispensables comme
des Hommes-Fonction. Le laboureur met toute sa
gloire à creuser un sillon, et le potier toute sa joie à
caresser la glaise, à la polir, à l'arrondir. Leur tâche
est sacrée et auguste. Le poète insiste et s'étonne.
« Ces gens-là agissent comme s'ils comprenaient »,
dit-il dans la *Mort de Narcisse*, et plus loin : « Le
maçon possède un fil à plomb, des compas, une
pioche. Voilà un homme qui casse des roches, les
scie par cubes — grinçants, coriaces — les super-
pose, les brûle de chaux, comme s'il avait une science
complète de l'hydraulique, des fleurs, des polarisa
tions des lois qui commandent le ciel et la terre. »

* *
*

Ces intentions d'harmonie, qui nous ont tant
ébloui chez Saint-Georges de Bouhélier, alors qu'il

établissait sa conception du monde, ce sont elles
encore, et surtout, qui vont nous enchanter au cours
de son œuvre véhémente. La grandiose cosmogonie
qu'il avait tentée déjà dans l'*Annonciation*, et qui fut
instaurée d'une manière définitive, semble t-il, dans
sa *Vie Héroïque*, eut l'admirable résultat d'ordonner
ses facultés. Elle doua d'une raison plausible ses
jeunes ambitions et aboutit à la plus délicieuse des
réformes d'art.

Ce poète sut donc accorder ses soupirs avec le
sanglot des mers. Selon la nature du monde il laissa
s'édifier sa statue. Et parce qu'il fut attentif aux
enseignements de la maternelle Maïa, et pour avoir
ouï les chênes de Dodone, il comprit comment la
grâce éblouissante des formes peut se transsubstantier
— palpitante — dans le contour verbal des phrases
sonores ; comment enfin les courbes arrondies des
fleuves inspirent les méandres flexibles de nos périodes poétiques. Dans les chansons des sources, il
sut retrouver l'étymologie du langage des hommes.
Voilà pourquoi quelques-unes de ses paroles se présentent, défaillantes, pareilles à de fraîches épousées.

C'est précisément à cause de sa vision générale de
l'univers, que M. de Bouhélier ne s'est pas limité à
ce strict impressionnisme littéraire, où semblent se
complaire les jeunes hommes actuels. Pour lui, l'Art
est inséparable de la religion, et il veut en faire

rayonner l'éclat sacré. Il a su synthétiser ses impressions et aboutir à un art d'Eternité.

« La mission éternelle de l'art, nous dit-il, est de ressusciter les dieux. — L'art solennise les épousailles des âmes et des paysages. Il reconstruit les archétypes, les paradis. — L'eurythmie de la nature détermine les rythmes de son harmonie. Les feuilles, les brises, les fleurs ordonnent les gestes que font les bûcherons, les pêcheurs. Ils réalisent leur destinée. — Leur attitude en est l'effet, et ils en restituent le rythme. Ainsi une œuvre d'art doit être un concile d'anges, la païenne assemblée des Idées et des Sens, l'édenique concert de la Terre. »

Mais je ne veux pas revenir sur les arguments de cet écrivain. Dans ce livre je les ai envisagés principalement au point de vue littéraire. J'ai indiqué, ailleurs, l'importance sociologique de ses propositions. Et, considérant dans son œuvre quelle influence elle pourrait avoir sur la peinture, un jeune penseur de Flandre, M. Edgar Baes ne s'écriait-il pas :

« Notre art atavique, illuminé d'un simple rayon de cette vivace et pure lumière, reviendrait soudain, entre tous, une force et retrouverait ce que nous aspirons à voir éclater de nouveau au grand jour, la sublime inspiration de la réalité transfigurée. »

* *

Au début de ces pages, en parlant de Saint-Georges
de Bouhélier, j'ai usé de ce mot « Sagesse ». En
l'admettant au sens antique et platonicien, je ne sais
pas de vocable qui lui soit aussi caractéristique. Le
Sage, dans les suaves nations de l'Hellade, était celui
qui s'était ordonné, qui conservait un souci constant
de l'harmonie, dans ses actions et ses discours. Il
cultivait l'éloquence qui est le rapport délicieux des
mots et des objets qu'ils célèbrent, et se vouait, pour
la double glorification de la chair et de l'idée, au
gracieux développement des formes corporelles.
C'est ce même désir de simple sublimité qui nous
séduit chez l'auteur de la *Vie Héroïque* et de *l'Hiver
en Méditation*.

A ce sujet, dans sa coquette revue qui nous vient
d'Aix en Provence, les *Mois Dorés*, M. Joachim
Gasquet écrivait :

« Gœthe a dit : « L'homme est un entretien de la
nature avec Dieu. » Si l'art est l'expression parfaite,
l'écho religieux de cet entretien, M. Saint-Georges
de Bouhélier est un artiste comme je les rêve. Il sait
et a la pudeur d'ignorer ; il a cherché les lois, mais
pour être innocent comme le monde, il les oublie, et
son âme ainsi est suave et forte, et mieux que le vent
son chant coule dans la lumière les invisibles
semences et conduit sur nos fronts les bienfaits de
l'aurore. Certaines de ses pages m'ont fait penser à

7*

la grâce héroïque de Monticelli. D'autres sont nobles comme un laboureur qui vers le soir, avec un sourire, essuie son front mouillé et caresse le flanc des bœufs. D'autres sont familières comme le début du *Banquet*. Mais trois ou quatre sont puissantes, douces comme la joie des dieux. »

Il faudrait un Diogène de Laërte pour décrire l'existence de ce jeune sage, ses propos et ses entretiens. Bornons-nous à évoquer sa vie avec tendresse. Dirais-je comment elle se passe au milieu de quelques amis qui l'entourent d'une affection familiale et admirative. Dirais-je les lieux modestes qu'il fréquente. C'est là que rayonne son pur front blanc, plein de diaphanes visions et d'architectures subtiles, et que la rare sobriété de ses gestes dénonce à tout homme sensible, la précieuse présence d'un Poète béni. Ce serait là sans doute de la critique aussi subtile, que l'analyse de syllogistiques arguments. Mais cela n'est pas d'usage, et d'ailleurs serait futile, car les personnes qui éliront ce poète pour confident retrouveront, dans son œuvre, le mémorial de sa vie transcendentale

TABLE DES MATIÈRES

_____

ACHEVÉ D'IMPRIMER

le quinze octobre mil huit cent quatre-vingt-seize

par

EUGÈNE MOTTE

pour le

MERCVRE

de

FRANCE

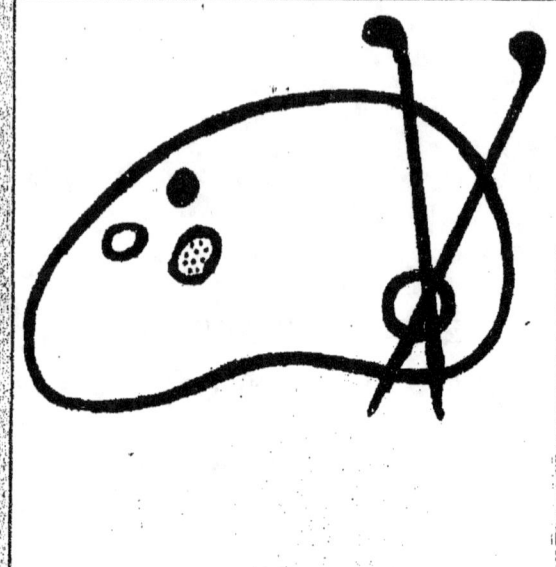

Original en couleur

NF Z 43-120-8